catch

catch your eyes ; catch your heart ; catch your mind······

catch 300

還在暈？Tinder幹話解讀指南：

致暈了又暈的你，從A到Z的清醒系聊天攻略

Tinder Translator: An A–Z of Modern Misogyny:

作者：艾琳・巴瑞特 Aileen Barratt
譯者：艾平
責任編輯：張晁銘
封面設計：丸同連合
內頁設計：丸同連合

出版者：大塊文化出版股份有限公司
台北市105022南京東路四段25號11樓
www.locuspublishing.com
讀者服務專線：0800-006689
TEL：(02)87123898
FAX：(02)87123897
郵撥帳號：18955675
戶名：大塊文化出版股份有限公司
法律顧問：董安丹律師、顧慕堯律師
版權所有　翻印必究

總經銷：大和書報圖書股份有限公司
新北市新莊區五工五路2號
TEL：(02) 89902588　FAX：(02) 22901658

初版一刷：2023年12月
定價：新台幣380元
ISBN：978-626-7388-13-6
Printed in Taiwan

國家圖書館出版品預行編目（CIP）資料

還在暈？Tinder幹話解讀指南：致暈了又暈的你，從A到Z的清醒系聊天攻略 / 艾琳・巴瑞特（Aileen
Barratt）著；艾平譯. 一初版. 一臺北市：大塊文化出版股份有限公司，2023.12
352面；10.5×14.8公分. 一（catch；300）
譯自：Tinder translator : an A–Z of modern misogyny
ISBN 978-626-7388-13-6(平裝)

1.CST: 兩性關係 2.CST: 溝通技巧 3.CST: 網路社群
544.7　112019402

還在暈？tinder 幹話解讀指南

致暈了又暈的你，從 A 到 Z 的清醒系聊天攻略

Aileen Barratt

艾琳‧巴瑞特 著

艾平 譯

目 錄

致我媽，菲‧巴瑞特，
因為你始終信任我。

前言

Tinder 就像惡夢一場，
但我們還是自投羅網。
———

我本人，
我的 *Tinder* 自介

儘管世界早已邁入二十一世紀，社會中的厭女情結依舊陰魂不散，甚至可說是生龍活虎。關於這一點，沒有什麼地方比交友軟體的世界更加明顯。雖然，只要是以女性身分活著的人，對於日常生活中的性主義[1]行為鐵定早就見怪不怪，然而，Tinder上（或Bumble、Hinge等任何一款我寫下這篇前言之後推出的交友軟體）許多男性對女性說話的方式，與他們在現實中的態度相比，又是另一回事。而當我說「另一回事」，就是「更

---

1. 本書選擇將「sexism」譯為「性主義」，而非常見的「性別歧視」。此譯文考量取自《厭女的資格：父權體制如何形塑出理所當然的不正義？》譯者巫靜文與審訂陸品妃教授的觀點，意即：「sexism」的意思涵蓋多於歧視，不只是一套可議的雙重標準或不公平的態度，也包含了一套相信某一種性與性別比其他性與性別更優越的信念，並且依此信念行事。同理，「racism」不譯做「種族歧視」而譯為「種族主義」，「ableism」不譯做「身障歧視」而譯為「健全主義」。

糟」的意思。

　　生平第一次聽說交友軟體時，我相當嗤之以鼻。Tinder是在二〇一二年推出的，那時我二十七歲，婚姻幸福美滿，非常自以為是。為了尋找愛情（或別的什麼）而在陌生人的照片上左右滑動，光想都覺得瘋狂。當時的我嫌這種翻閱外貌型錄、瞬間決定喜歡或不喜歡對方的行為實在有夠膚淺，壓根沒注意到這分明和我單身時期天天泡夜店的行徑沒有兩樣。我記得我不止一次這麼說過：「Tinder就是世界的老鼠屎。」

　　我承認，我這人真難搞。

　　當然啦，我和大部分的人一樣，沒料到區區一個應用程式——以及後來所有類似的軟體——會對世界帶來多大的影響。智慧型手機（對於Z世代的人來說不過是普通手機）

與交友軟體問世之前，線上交友只能稱得上是小眾的消遣，是單身太久的人會獲得的溫柔提醒：「你要不要上網找找看？」Match和OKCupid一類的交友網站被視為線上版的報紙徵友啟事（問問父母就知道了）。儘管這些平台在整個一九九〇年代後期及二〇〇〇年代間越來越受歡迎，不過，一直要等到我們能舒舒服服地在自己的手機上左滑右滑，線上交友才成為世界各地寂寞芳心的預設首選。

時間快轉到四年後。Tinder如今成了常態，約會與交友的世界天翻地覆，而我的婚姻也宣布告吹，慘到不行。突然被打回單身的我，不到三個月就安裝了Tinder（我不建議任何剛分手的人這麼做，但總之我就是做了）。

實際成為交友軟體的使用者並未讓我對它改觀。我依然覺得Tinder真的是很糟的發

明，所以我才會在自介上那麼寫。我只不過走下了自以為是的道德批判制高點，不得不向命運低頭罷了。要說樂趣嘛，有是有，但同時也得費力應付一大堆廢物，真心快把老娘給累死，尤其如果你交友的主要目標是順性別異性戀男性的話。

與現實相比，網路上的男人似乎比較有意願找我聊天，彷彿我是某樣物品，也更常貶低我。另一個無可避免的狀況是，他們當中約有一半的人超快就把話題導向性愛，而且甚至不是隱晦、暗示性地問。這些男人聊性的方式一點都不性感。通常差不多是這樣：

> 步驟一：寒暄。
> 步驟二：開黃腔，或做露骨性暗示。
> 乾脆跳過步驟一的狀況也不意外啦。

對於這些物化與猥褻的行為，我們的心很快便麻木且硬起來（抱歉硬要雙關）。和大多數的女性同胞一樣，我把這些對話截圖存進一個資料夾裡，不時傳給朋友共賞，一起笑罵這些人不要臉的噁心行徑。

我不是要說，線上交友讓這些男性變成一個更歧視的人，而是想表達：線上交友所提供的相對匿名性，揭穿了他們厭女的本質。我想，能讓平時大概不敢當面這麼做的人們放膽地嗆聲謾罵這點，與其他社群媒體的效應有點類似。只不過，交友軟體的發酵力道似乎更強——光看這些行為離譜的男人數量有多多，就知道狀況有多失控。

「人們使用交友網站時，不必像日常生活一樣時時忍耐，可以憑衝動行事，」克里斯汀·魯德（Christian Rudder）在二〇一四年的著

作《我們是誰？大數據下的人類行為觀察學》
（*Dataclysm*）中指出：「交友網站不會牽扯到
你的家庭，也不會被朋友轉發到動態上……
在當今這個一切被迫公開串連的數位化世界，
線上交友提供了一種老派的避世感。」

　　魯德的這段觀察雖然是在談論他所創辦的
約會網站，OKCupid，但也完全適用於交友
軟體。在我看來，傳統交友網站與交友軟體
之間的主要差異在於使用者的普及程度，以
及人們越來越單憑外貌選擇對象的傾向（別
忘了，後者正是讓二十七歲時自以為是的我
感到憤慨的主因）。

　　使用者的普及所帶來的影響是，我們開始
將彼此視為拋棄式的存在——總會有另一張
臉可以滑，總會有另一場約會可赴。基於這
點，佐以軟體本身視覺導向的性質（與交友

網站相反，後者通常會要求使用者填寫更多的個人資訊），便讓這個空間成為平凡乏味的厭女者天堂。再加上平台的相對匿名性，簡直就像是有人發明了一套能更有效物化女性的方法。真是好棒棒。

想當然爾，線上交友這種不必在意大眾目光的特質，雖然提供了人們高度的自由，同時卻也會滋生許多狗屁倒灶。掙脫了輿論約束後，抱持厭女思想的男性（遺憾的是，這些人占大多數）便可為所欲為。在這些空間中，就算一方對性持續糾纏，也幾乎不必負擔任何後果，被拒絕時甚至會以侮辱性言語轟炸對方，諸如此類讓情況雪上加霜。

交友軟體上，有些厭女行為一目了然，但也有一些隱晦不明的東西，需要一點時間才能發現。這些東西多半藏在交友自介上那些

常用的金句中。「找一個隨性的妳」及「請勿抓馬」就是兩個非常典型的自介用語。它們實在太常見，導致我們用久了就會習慣到不疑有他，也不會去推測這句話真正的意涵。即便這些話其實是在說：「我恨女人，但我想找人上床」。

每一則自介，不論再怎麼不起眼，背後都有潛台詞。

我的 Instagram 帳號 @TinderTranslators 起初只是一處能讓我把那些很過分的自介「翻譯」成「白話文」的地方。酸這些混蛋幾句不只能淨化我的心靈，也讓滑到好幾則有夠羞辱人自介的日子變得沒那麼難受——至少這些都是發文的好素材！

很快地，其他女性（偶爾也有男性）紛紛傳來她們遇到的誇張自介給我翻譯。看來無

論是曼徹斯特還是墨爾本，類似的用語在全世界屢見不鮮。

> 　　我很快便發現，這些自介金句所牽涉的議題遠遠大於Tinder。它們提供了我一個出發點，得以探討厭女情結在整個世界，特別是在我們的個人親密關係之中，是如何運作的。

　　這些用語也讓我們能夠進一步討論男人對待女人的方式，並促使我們思考，為何自己很少為自己多「奢望」一點。

　　交友軟體的速食性打開了男人身上的混蛋開關，讓內在的混蛋氣質逸散出來、成為常態，導致一般人對於所謂「好男人」的標準低到不行。外面有太多自大的男人會對我們高談

闊論他們最喜歡的小說家（永遠都是某位二十世紀美國白人男作家），還有會傳屌照給我們的變態，以致當有一位男人願意聽我們說話超過一分鐘，而且，妳知道的，「甚至」沒伸出鹹豬手，我們便立刻冊封他為新好男人。

講真的，好男人的標準如今已經跌到地心附近了，而且還會繼續秀下限，除非哪一天，我們終於能夠不再因為男人以最基本的人類禮儀對待女人而鼓掌。

如果妳正在名為現代交友的泥淖中苦苦前行，有時固然很難靠自己看清這些事。妳需要一些觀點。妳需要一名真心不騙的閨蜜。她有點吵，有時會爆粗口；她不會放過妳，但她也肯定不會允許妳看扁自己。她明白妳的價值，而如果她沒有讓妳明白，她可是會被天打雷劈的。

這個嘛，不是我要往自己臉上貼金，但這位閨蜜就是在下我本人。我的任務是要用這本輕薄可愛的 A 到 Z 指南拆解這些屁話。我要為妳解讀交友軟體語言，破解所有那些容易忽略的、有時充滿惡意的性主義潛台詞。

這本幹話解讀指南涵蓋了任何交友軟體使用者都耳熟能詳的諸多萬用金句，同時也包含了一些，一旦踏入見面階段就會出現的台詞。每一篇都會從某個慣用語展開，向下挖掘女性在這充斥性主義思想世界中的共通經驗。內容將會穿插名言、備註及數據，我還會在各篇末用一句「太長，講重點」總結該篇主旨。現代社會的交友文化將太多女人不該承受的爛事給合理化，讓我們別再默默承受了，好嗎？我們不要就這樣算了。

開始之前

正如交友軟體的世界有許多萬用金句，我的女性主義解讀方法也會出現不少慣用語。在我們開始進入 A 到 Z 幹話之旅前，我想先澄清幾件事。

不是所有人都如此

在本書中，我可能偶爾會針對男人做出概括性的言論。老實說，我真的會這麼做。如果此刻正在閱讀的你是名男性（歡迎光臨，

請當自己家），你也許有時會心想，「又不是
所有男人都這樣。」所以，讓我事先向你聲
明──當我提到「男人」的時候，一律隱含了
「不是所有男人」的意思。我知道男人不是一
大塊無法切割的石頭，但他們的確隸屬一個
享有某種特權的社會團體，擁有能被概括而
論的特質。

我還是很喜歡一些男性的，所以如果你剛
才心中有疑問的話，可以放輕鬆了。（還有，
別把「又不是所有男人都這樣」大聲說出來，
超丟臉的啦，老兄。）

女人也會如此

與「不是所有男人都如此」做伴的是一種
頗為震驚的心情：女人也很差勁。

我在 Instagram 上時常收到「女人也會這

樣」的留言。舉例來說，當我說男人會在自介上寫「請勿抓馬」時，一些友善的小老弟會提醒我，女人的自介也會這麼寫。本書中所討論的多數交友軟體用語，女性也會使用。身為一名女性主義者，我完全接受女人也可以是蠢蛋這個事實。我們和男人一樣有能力當個自我中心的混蛋。好吧，也許略遜一籌吧。

然而，同樣地，身為女性主義者的我也理解，異性戀交友做為某種遊樂場，它的規則是不公平的，因為我們所處的環境是一個父權社會。社會中的權力不平等意味著，即便男人與女人使用相同的詞彙，背後都有性別化的權力關係在運作，也就是說，即使詞彙相同，含意及影響卻可能南轅北轍。

因此，當我談到那些在自介中寫下「請勿抓馬」的順性別異性戀男性時，我並不是在

暗示女性從來不會說這些話。我想討論的是，當這些男人對女人說這句話時，真正的意義是什麼。這樣講夠清楚了嗎？

務必留意二元性

性別不是二元的，但很可惜厭女情結是。對女人的厭惡——是何等天衣無縫地埋織在社會脈絡中，以致人們很少察覺——建構於一種觀念之上，那就是：世界上有男人，也有女人，而前者是比後者更高等的生物。這個觀念呢，套句專業術語來說，就是狗屁不通。

並非所有人都活在這個性別二元的結構裡。然而，在撰寫一本以順性別異性戀男人（特別是厭女的那群）為對象進行交友的書時，無可避免得用上二元化的語言。我說這

些只是想表達，如果你的性別認同位於二元結構之外，是再正當、再正常不過的事，這裡非常歡迎你。儘管帶走你能認同的內容即可。我希望每個人都能從本書中獲得一些什麼。

同理，本書所探討的主要對象是異性戀交友。「無論何種性別都能享受並交換愛與性」此一事實，是父權社會的眼中釘。厭女人士十之八九也都是抱持惡劣觀點的恐同人士，酷兒朋友們在社會中不得不和順性別異性戀女性一樣保持警戒，時時準備抵禦各式各樣的潛在攻擊。

然而，就算在異性戀脈絡之外交友，也不代表你就能成功躲掉厭女情結的諸多爛事。去問問雙性戀女性就知道了！無論你的性取向是什麼，又或者你還在摸索，我相信你都

能在接下來的內容中獲得許多共鳴。

給跨性別男性與女性的話

本書的主題是交友與厭女情結，所以我自然會大量談到男人和女人！跨性別男性就是男人，而跨性別女性就是女人，這點不容爭辯。

當我講到女人，就一定包含了跨性別女性。只有在談到陰蒂這類的人體解剖構造時是唯一的例外。不是所有的女性都有陰戶，但我希望這本書對每位女性都能有所助益。

本書所討論的男人，主要的對象是順性別異性戀男性。就我的了解，跨性別男性與男子氣概的關係往往與順性異男截然不同——普遍來說沒那麼有毒，也更具同理心。無論是哪種性別都可能懷有厭女思想，但順性異

男看起來確實是占據 C 位的那方。

　　儘管我在撰寫本書的過程中不希望落下任何人，但由於我本身不是跨性別者，也沒有與跨性別者交往的經驗，如果要聲稱自己有能力以某種方式囊括跨性別朋友的生命經驗，似乎是自大的誑語。

　　簡而言之，跨性別男性也是男人，但是在本書的脈絡中，我不會將你們和順性異男混為一談。

這顯然不是一本普世守則

　　我是個經驗有限的凡人，一個從其他人那裡讀過且聽過許多經驗談的人。和任何一位作家一樣，我的經驗往往受限於我的身分認同。我試圖盡可能地擦去身分濾鏡，好看見自己所享有的特權，以及這些特權是如何影

響我的經驗，但我永遠無法全然以非自己的角度看事情。

我是一個中產階級順性別白人。我在單親家庭長大。我是酷兒，但至今交往過的對象都是順性異男。我的心理健康狀況時好時壞。我不是身障人士。我結過婚也離過婚。我有一個小孩。所有這些加總起來，便構成了我觀察世界的濾鏡。

這本書對於任何生命經驗組成與我不同的人來說，某些內容能引起共鳴，部分觀點則會產生牴觸。在創作過程中，我已盡力將自己對於這種交織性（intersectionality）的理解融入到寫作中，不過，我也寧可在開始前先承認我的作法有其局限，而非一味追求難以企及的普世性。當然，再多的事先聲明都改變不了一項事實：每個人在寫作時總是主

觀的。但我認為，只要我們彼此認知到這點，
而非企圖將個人觀點當成舉世皆然的預設
值，我們應該就可以準備出發了。

is for Ask

A：等妳問

「等妳問。」

打從一開始，
我便將經營這段感情需盡的一切努力
全都賴給妳。

〜〜〜〜〜

「等妳問」：從來沒有這麼多人用這麼少的字透露如
此巨量的訊息。
每當我看見有人在自介上寫「等妳問」，第一個反
應就是：啊是要問什麼？**全部都問**？一個無法舉出
自己三件趣事的人，我幹嘛要浪費時間心力在他身
上？更別提他連一件也擠不出來。

任何曾使用交友軟體超過五分鐘的人都知道，這句金句的登場頻率實在高到離譜。不過，就某方面來說還蠻方便的。因為這三個字道盡了關於這個人我們所需要知道的一切：他們才懶得費那個脣舌，還有，重點來了：他們認為那是妳的責任。畢竟，A 也可以是不要臉（audacity）的意思。

這款自介金句也有較長的版本，差不多會長這樣：「我不知道要寫什麼，所以如果妳有好奇的事，就問吧。」

好吧，亞倫。要是我的問題是，你這人有沒有一點自我意識？要是我的問題是，這個有可能會和我配對的人，願不願意花超過半秒的時間思考一下自己可能想要呈現什麼形象？要是我不願意一肩包辦開啟一段浪漫邂逅所需的全部工作呢？

我敢拿錢打賭，亞倫不會樂意「等我問」這些問題。

這樣好了，讓我們來好好聊聊「不知道要寫什麼」背後所代表的問題，因為這句話實在是有說等於沒說。就我所知，沒人喜歡寫自介。沒有人會坐下來然後心想：耶！我等不及要把我整個人格壓縮成五句話，好好包裝一下了，希望有人能因此上鉤，認為我很有魅力／幽默風趣／搞不好會是他們的人生摯愛，超好玩的啦！

就像求職一樣，在網路上向陌生人推銷自己是件奇怪又尷尬的事情。但，還是和求職一樣，確實有其必要。如果有人在履歷上寫「等你問」，我敢保證，任何老闆都會把履歷丟進垃圾桶並低聲咒罵：「跩個屁。」但這些「等妳問」的人連稍稍花點心思向潛在對象提

供一些，隨便哪些都好，可做為賣點的東西
都不願意。

除非，聽好了，那是因為，他們根本沒有
任何賣點可言。非常有可能是這樣。

我沒有證據，但我強烈懷疑，會在自介上
寫「等妳問」的人，八成也是那些會抱怨交友
軟體上的女生「很難聊」的人。要是配對成功
的對象用「嘿」或「最近還好嗎？」當開場白，
他們八成會翻白眼。但是啊，你什麼資訊都
沒透露，是要我們說什麼，安東尼？老兄，
交朋友本來就是有來才有往嘛。這也是為什
麼對我來說，寫「等妳問」就等於立刻出局。
因為對方完全沒貢獻，給人一種「省電」的感
覺，彷彿這個人只願意付出最低限度的努力，
卻想占到最大的便宜（aka 滾床單）。而我們
都值得更多。比起最低限度的努力，妳值得

更多。

　這種類型的自介還會讓我想到「腦袋空空」這個形容詞。我敢肯定，多數說這話的人沒怎麼認真想過他們到底想從交友中得到什麼，也沒想過自己想要吸引怎樣的人。我在Instagram 上分享這種空虛的自介時，時常收到「他們真的以為這樣寫有用嗎？」之類的留言。我的回覆幾乎沒變過——不，他們根本沒在想。

　要不然還能怎麼解釋？難道是他們深思熟慮之後，信心滿滿地放上四張烏漆墨黑的照片，深信這樣最誘人？還是他們認為那兩張自拍（一張一群男人的合照和一張拎著大魚的照片）能激發我們強烈的好奇心，讓我們二話不說生出一堆熱情的問題，迫不及待等他開示？不可能有人精心規劃一套交友計畫，

深信只要在 Tinder 自介上放「等妳問」三個字就萬無一失的吧？

　　或許有些人之所以這麼做，實際上是認為這句話能為自己增添某種神祕又性感的氛圍。如果你恰巧是這種人，那麼——我說這話是真心為了你好——千萬不要。陌生人的三字指令一點也不誘人，一點也不神祕，只會凸顯你的平庸，讓人覺得你哪根蔥。事實上，和其他任何一種類型的人相比（更多請見〈M：已婚〉篇），那些在交友軟體上對於自己的事神祕兮兮的人，更會讓我警鈴大響。

　　有人也許會認為我對這些「等妳問」的人太嚴苛了。畢竟，至少他們還有寫點什麼。但說真的，在這一題上，我還寧願選擇自介空白的人。滑到空白的自介是非常令人沮喪沒錯，但至少對方沒向你要求什麼。反之，

「等妳問」既是一種空白，也是一道命令（儘管是相當被動的）。慢走不送。

關於至少

交友軟體往往不過是平庸與猥褻的大雜燴，因此，我們很常下意識對根本不值得的狀況給予肯定。這點在那些「至少」的句子中最為明顯。至少他很誠實（他聲明自己有懷孕的女友，只是想找點「樂子」）。至少他有回（超級簡短且沒繼續聊下去）。至少他還寫了點東西（他寫的東西是「等妳問」）。如果你發現自己在評價潛在對象時說了「至少」，聽好了。妳不是為了「至少」而來。「至少」不配獲得肯定。我們值得更好的。

如果那些「等妳問」者連花點心思寫幾句自我介紹推銷一下也不願意，那麼一旦他們配對成功，會是什麼樣子呢？他們會問我們問題嗎？會為初次見面規劃一套有趣的行程嗎？會以任何方式和我們進行基礎的人際互動嗎？妳可以嫌我憤世嫉俗（因為我就是），但我猜這些問題的答案全都是不。

打從一開始，此人便不過是把努力的責任全都推到妳身上。這就是為什麼，關於和他交往會是什麼樣子，不過三個字，便道盡了妳所需要知道的一切。

太長，講重點

那些除了「等妳問」外，不願花心思寫
自介的人，完全不值得妳花力氣右滑。

B

is for Banter

B：幽默感

「要有幽默感。」

要欣賞我那些踩線的笑話，
要能接住我所定義的幽默。
但妳本身不可以真的很有趣。

幽默感。許多交友玩家一看到這三個字就掃興。畢
竟它可是渣男語錄的重點金句之一。

情況一直都是如此嗎？我不確定。我記得在二〇〇〇年代初期，「有幽默感」指的是某種輕鬆俏皮的互動。一位幽默的人，是那種能言善道、說話總是機智有趣的人。大學初期的我，對於自己很有幽默感這件事感到自豪。但事後回想起來，自豪的原因可能是，雖然我周圍那些來自私立學校的男孩對我興趣缺缺，卻時常稱讚我幽默有趣。而對於一位自尊跌到谷底的十九歲少女來說，這種稱讚意義非凡。

　　唉！男性凝視。妳不覺得很煩嗎？

　　雖然我當時只是個對凡事充滿好奇的大一新生，被上流男孩誇兩句就得意忘形，但我很確定，「幽默」一詞的意思從那時開始便一路劣化二十年。這不光是交友軟體的問題。或許是看不慣女性主義在性別平權上的斬

獲，小伙子文化（lad culture）越來越明目張膽地鄙視不能接受玩笑話的女性。而這些玩笑，不用懷疑，往往是貶低女性且充滿厭女情結的。哎呀放輕鬆啦美女，開個玩笑嘛！

每當看到有人在自介上要求對方要有幽默感，我都很懷疑，寫下這句自介的人真的會喜歡機智尖銳的對話嗎？恰恰相反：這種風格的幽默感多半會被嫌棄，認為也太嚴肅了吧（我知道，這很矛盾）。要是我們以調侃的語氣虧這些男人自以為是，或是質疑他們的動機，他們就會不爽。他們口中的幽默感，只限於他所定義的幽默感，而不能自嘲的男人，往往無法接受那些拿他打趣的女人。或者應該這麼說：任何一位有趣的女人，他們都不喜歡。

> **太多時候，這些男人對幽默感的要求與他們對口交的態度完全相反：只想當攻，絕不當受。**

這點將我們帶到問題的核心。那些要求「幽默感」的男人所尋找的，多半不是有趣的靈魂，而是另有其人。他們想要的，是會捧場他們笑話的人。還有，用「笑話」來稱呼恐怕是太客氣了。他們不吐不快的是「地獄梗」（也就是冒犯人的言論），而且還要妳非笑不可，因為難道妳看不出來他們是在開玩笑嗎（更多內容請看〈J：開玩笑〉篇）。

要是妳覺得，他們那些充滿種族主義、性主義、健全主義（還有各種列不完的主義）的高見根本不好笑呢？這個嘛，妳這人的幽默感實在該死的有待加強！

身為曾經也視幽默感（充滿機鋒的你來我往）為擇偶重要條件的一員，我對於幽默感一詞如今被某些男人玩壞這點非常不爽。他們所謂的幽默，渴望女性捧場的幽默，壓根就不是幽默——而是一種我傾向稱之為「幽他的默」的東西。別和他們說，他們肯定不會喜歡的。

幽他的默【ーㄡ ㄊㄚ ㄉㄜˊ ㄇㄛˋ】名詞
manter [man • ter] *noun*

主要使用者為白人順性異男的一種打趣形式，通常被這些人稱為「幽默感」。其特徵為：遊走踩線邊緣，對他人展現冒犯態度，並認為自己有權這麼做。同時，對任何提出質疑或指控的人扣上開不起玩笑的帽子。

聲稱自己喜歡幽默女人的那群男人，他們的問題在於，他們所能接受的幽默程度其實是有限的。就算當中有人是真心認為自己想要和有幽默感的人交往，多半也不是他們真正的意思。他們之所以要求對方要有幽默感，不過是希望有人會為他們講的笑話（稍微比較不冒犯的那種）哈哈大笑。至於能不能被我們逗笑，那不是最主要的重點，只是額外的加分項目。他們真正在乎的，是找到一個夠聰明的人，聰明到能發自內心欣賞他們幽默絕技的人。

　真心希望女伴比自己更有趣的男人少之又少。想想看就知道了：一個能和你的哥們自在聊天的活潑女友，偶爾還能逗他們發笑？太讚了。但，要是你的女友幽默感爆棚，在晚宴上魅力四射、成為全場焦點，而你只能

在一旁陪笑呢？那可就沒那麼有趣了。

順帶一提，我對於「希望有人因為自己的笑話而笑」這個想法沒有意見。我自己也是其中一員。我在外參加社交活動時，有時會遇見真的非常聊得來的人，妳也懂這種感覺嗎？後來我才意識到，這種特別投緣的感覺來自於，對方聽得懂我所有的言外之意和玩笑，而且會跟著笑，這就是我們一拍即合的原因。「有人覺得我很有趣」這點讓我感到放鬆，感到被接納、被理解。感謝老天爺保佑，我這人很有趣，所以這種情況經常發生。

即便如此，我也曾經遇過長期交往的男友在分手時對我說，他「想要一個能和他聊喜劇段子的人」。對我說耶。他到底有沒有了解過我？

事後證明，他那時搞上一位即興喜劇班認

識的女生，那個女生對他的每個爛梗都很捧場。一切都說得通了。

如果妳是個喜歡開玩笑的人，鐵定聽過一個以上的男人對妳說，說妳是他見過最有趣的女孩／女人（承認吧，他們說的通常是女孩）。他們覺得自己這麼說是在讚美妳，言下之意卻很傷人：就女孩子而言，妳真的算有趣啦。這句話就像是在說，外面顯然有很多比妳更有趣的男人，但你能做到既有奶子、又能帶給男人樂子，已經很棒了，可喜可賀。

《富比世》調查顯示，二〇一九年酬勞前十高的喜劇演員中，只有一位是女性（妳想的沒錯，她是順性別異性戀白人，而且身體四肢健全）。

我真心認為，「女人都不有趣」這整套說法的出現，是父權體制在企圖彰顯一個明顯的謊言。女人有趣得要命。

　　下次妳去酒吧時，仔細觀察那些坐滿女人的桌子與坐滿男人的桌子的差異。哪一邊的人，才真的是在放聲大笑，一邊擦去眼角淚水讓自己冷靜下來？

　　不是男人那桌，對吧？

　　假設我們承認，也許女人就和男人一樣有趣，甚至有時比男人更有趣，我們就不得不思考，「女人不好笑」這個迷思為何會延續至今。為什麼喜劇表演陣容中的演員比例，至今未曾出現女高於男的情況；為何男性單口喜劇演員幾乎不管在什麼情況下，都比女性演員賺得多；為何在滿是男人的房間裡，作為一名女性，想讓自己的聲音被聽見是如此

之難，除非妳符合他們心中有趣的標準。

就算妳符合標準，他們也不太可能認為妳同時又有趣，又有魅力。

> **有趣的女孩是男人會想交往的對象，但不是他們想上的性感辣妹。選邊排隊吧，親愛的。**

著名的傳奇喜劇演員莉莉 · 湯姆琳（Lily Tomlin）在二〇一三年接受線上雜誌《Vulture》採訪時表示：「我成長在一個女性不太涉足喜劇演出的時代。妳必須扮醜、讓自己過重，必須演一名老處女，乖乖配合。妳得演出一種刻板形象，因為魅力十足的女人不應該同時具備幽默感——那樣會太強大，構成威脅。要改變這一切需要很長的時間。」

許多女人依舊感到別無選擇，非得在有趣和「女人味」之間做出選擇不可。當然啦，這裡的「女性化」所隱含的意思是，對男人具吸引力的。

我似乎有點偏離了幽默感的主題，但我真的認為，這些問題都系出同源。「幽他的默」成了直男捍衛自己的武器，用來抵禦這個逼他們日益自曝平庸的世界。這些男人為自己開闢了一種專屬（且無聊）的幽默風格，開創了一個全然由他們管理的世界，一個他們仍然充分有權認定某人幽默與否的地方，一處他們仍然能保有高度話語權的地盤，在裡面淨說一些實在不被、也不該被當今社會所接受的言論。

要是我們笑不出來呢？很簡單，我們就是欠缺幽默感。

要是我們才是逗別人發笑的那方呢？那麼我們就是極為罕見的例子，一位還蠻有趣的女人。當然，也不排除我們就只是有點太超過了。

> **諷刺的是，幾乎沒有順性異男願意接下浪漫喜劇演出搭檔中的直男角色。**

正如湯姆琳所說，笑聲的力量很強大，笑聲能彰顯生命的意義與價值，還能夠吸引注意。女性太常被局限為給予男性肯定及關注的角色，而非反過來。我不會說自介中出現幽默感是危險訊號——也許可以算是警告吧。不過，什麼東西（還有誰）被某人視為有趣與否，背後的確藏了許多問題。

太長，講重點

·

不必為了讓男人有面子而浪費時間捧場
他那些無聊的笑話。這個人八成不願意
回報一半的力氣愛撫妳的陰蒂。

·

C

is for Conversation

C：好好聊天

「好好聊天很難嗎?」

我不是真的想要聊天,也沒興趣聽我以外的人講話。我真正在意的是,等我們配對成功後,妳得是那個負責娛樂我的人,讓我對妳留下好印象,而不是反過來。

交友軟體用得越久,妳越會發現,大多時候不過都是在和一些這輩子八成不會見面的人進行無趣的對話而已。過程和在派對或酒吧認識陌生人差不多,有時很有話聊,有時只是客套客套一下。後者的狀況比較常發生。

妳聽了接下來這句話也許會感到驚訝，但我並不會將這種無趣的對話全部歸咎於男人身上（我這是怎麼了？！）。我想，也許我們都有點厭倦左滑右滑的遊戲，又或者，我們對每個配對的興奮程度本來就不一，所以會在某些人身上努力得多，另一些人身上努力得少。當然，有時就連反覆琢磨想出的俏皮話也有石沉大海的可能，但在我看來，不管是誰，要能做到無時無刻在對話中妙語如珠，是有點強人所難。

　　無論背後是什麼原因，這些比沒塗奶油的烤吐司還乾的話題在交友軟體上到處都是。典型的對話可能長成這樣：

嗨

嗨，卡麥隆。最近還好嗎？

不錯啊。妳呢？

我也還不錯。期待周末快來。

真的 :)

你在幹嘛？

沒幹嘛，上班。妳呢？

嗯我也在上班。你是做什麼的？

諸如此類。

如果妳的想配對的對象是男人，可想而
知，沉悶的對話中往往還會摻雜許多不請自
來（且下流）的性暗示。事實上，他們時不時
~~劈頭~~就用下流的台詞開場。

我想說的是，我完全能夠理解人們想要好
好聊天的渴望，而且非常能感同身受。想要

和聊天對象有趣地一搭一唱，而不是聊沒五句就大開黃腔，這種想法一點問題也沒有。同理，對千篇一律的對話會感到厭煩，也是很正常的感受。

然而，要是有人擺出高高在上的樣子，自以為是地將這點列為擇友條件呢？那他一定是個大雷包。我覺得這麼做很踩線的原因有三：

第一，這句話說明了，他認定外頭有一大票潛在的對象並不知道如何和人聊天。他甚至可能會想，「妳們這些平庸的老百姓怎麼配得上我這種智慧的化身呢？」若放在性別化的脈絡下來看，此舉完全是在暗示，或許在他眼中，許多女人的智力是比不上男人的。

從我口中說出這番話或許有點打臉，畢竟我在本章開頭曾大抒己見，認為交友軟體上

大部分的對話要嘛無趣，要不就是下流，或者兩者皆是。然而，不同之處在於，我永遠不會在自介中寫「無趣或下流者勿擾」。原因很簡單，因為寫了也沒用。會這麼寫的人往往只是為了表達不爽。妳不僅還是會配到無趣又下流的人，還會讓自己在那些不無趣、也不下流的人面前看起來像個混蛋。

第二，這類要求會讓聊天的工作全部落到妳頭上，對方則成為有權為妳聊天技能打分數的裁判（參見：〈Ａ：等妳問〉）。因為他們開宗明義便聲明，他們超會聊天的啦。

很可惜，這通常不是事實。

這也就是這則交友軟體金句最讓人憤怒的地方：說這話的人自己往往根本難聊到爆！

順性異男在交友軟體上實際說過的開場白包括：

妳可以尿在我身上嗎？

奶子真讚。

我想去妳家操翻妳的穴，可以嗎？

給肛ㄅ？

妳看起來很會吹。

妳是貓嗎？因為我想全部射在妳身上。

我剛才另妳的照片尻尻ㄌ

而他們聲稱浪漫已死。

我曾對我的IG粉絲進行調查，問她們是否曾和自介寫「好好聊天很難嗎」的人配對成功過。然後我問她們那些人是否真的很會聊：九六％的人回答「才不」！

對於交友軟體上那些自大男「說一套做一套」的行徑，妳可能早就見怪不怪了。呃，其實真要說的話，就這議題上，他們連「說一套」也做不到。但總之妳應該懂我想表達的意思。

若妳仔細思考「好好聊天」的用字遣詞，應該會眉頭一皺，發現案情並不單純。「聊天」是雙向的，「好好聊天」則藏了一種施加責任於妳的壓力。難道這些人之所以這般要求，是因為他們本身不擅長聊天嗎？他們這麼做，難道是因為過往的聊天總是在打完招

呼、問完基本問題後就乾掉嗎？難道讓聊天乾掉的兇手其實另有其人？

這些線索都指向了同一人，克利弗，而且並不是和你聊天的女人。

想要聊得愉快，問問題是重要關鍵，還有，務必要對對方的回答感興趣。

容我來示範一次。先從那種「為了問問題而硬問」的問題開始。

妳做什麼工作？

哦，我是老師。

讚喔。

現在，讓我們換成「你真心想要了解此刻與你聊天的這名人類」的問題來試一次：

妳做什麼工作？

哦，我是老師。

哇，真酷。妳走的是哪一種風格？是《春風化雨》裡的羅賓・威廉斯，還是《搖滾教室》裡的傑克・布萊克？

你說的是電影剛開始的傑克・布萊克，還是結尾的傑克・布萊克？

妳說呢？

哈！這個嘛，我是曾經邊宿醉邊講課過沒錯啦……

哈哈，感覺很嗨！妳教的是哪一科？

　　看出差別了嗎？你鐵定看出來了，你又不是笨蛋對不對。

　　交友軟體上，那些抱怨別人難聊的人通常有兩種問題。首先，他們不是真的對對方感

興趣、也沒將對方視為發展完全的人類看待。或者,他們覺得有趣的對話應該是「自然而然」發生的,卻沒意識到自己或許也得付出一點努力才能實現。然而,他們並不想為此努力——他們希望妳來幫他們搞定這一切。

> ❝ 來我身邊吧,Tinder 的諸位女士們。請妳好好聊天,一路聊到我的床上來,我會在接下來的五到十分鐘內讓妳意「性」闌珊! ❞

我對這些要求對方聊天的人心生警惕的第三個原因是,他們當中許多人所想要的根本不是對話,而是一名聽眾,聽他們在那邊自說自話。他們某種程度上的確明白傾聽是對話的關鍵——但他們希望傾聽的人是妳。

正如對「幽默感」的要求其實是要妳為低級的笑話捧場一樣，所謂「好聊」的要求，往往意味著希望對方能忘神傾聽某些混蛋在泰國旅行的枯燥經歷。

關於旅行

旅行不是一種人格特質。請小心那些列舉自己去過哪些國家的人，他們彷彿認為這個世界純粹是為了讓他們蒐集經歷而存在。許多人的足跡遍布世界，也有人從未出過國。旅行並不是一項能用來衡量某人多麼有趣、多麼見多識廣的指標。只要妳曾在異國酒吧聽過某人朝（英文八成講得比他們更好的）酒保緩慢大喊「來——杯——啤——酒！」，應該都對此心有戚戚焉。當然，妳也許會因為你們都對探索

新地方或特定國家抱持熱情，進而與他產生連結，但那套「去過四十五個國家，持續增加中」的幹話，殖民主義的色彩實在太濃了。

就算是沒用過交友軟體的人，對上述所形容的狀況應該也不會感到陌生。只要妳這輩子曾經和四位以上的男人交談，八成就嘗過被打斷的滋味。就連與他們壓根無關的話題也是。無論是否對該主題有所了解，卻對任何議題都想大抒己見，這種男人到處都是。「男性說教」一詞之所以無所不在，不是沒有原因的。

我曾經在 IG 上向女性發問，請她們分享生活中順性異男們就某件根本不是他們專業領域的事物胡亂鬼扯的案例，結果收到的投稿

多到將我淹沒。好幾位女性告訴我，她們曾遇過資歷比她們淺的男人要為她們解說她們的博士論文。也有不少女性反映，男人曾經對自己解釋女性高潮的原理——而且是在他們剛結束性行為她卻沒高潮的時候。

我個人最喜歡的一則投稿是：某位女性和一名男性約會，那人不斷想要向她證明男性說教並不存在，都是女人太小題大作了（更多有關小題大作的討論，請見下一章）。

男人常以各種方式霸占麥克風不放，自己卻毫無意識。這種驅使他們敢於發聲的自信心，是社會所建構出來的，尤其是在那些白人或者／並且擁有優勢社經背景的人身上。相信我，我和很多貴公子交往過，他們身上那種用錯地方的自信感特別強烈。

當然，一人的身分能以多種方式交織，使

情境變得更複雜。黑人女性只不過是堅定或熱情地發言，就會被（通常是防禦心重的白人女性）貼上態度挑釁的標籤，而同樣的行為若發生在白人男性身上，卻會受到讚揚、被浪漫化。身心障礙人士說話時很容易被他人打斷，或遭幼稚化。有時，有人會故意用錯誤的性別、或是用變性前的舊名稱呼跨性別與非二元性別人士，只是為了要剝奪他們的人性，讓他們噤聲。這個世界永遠找得到方法，讓白人、順性別、男性、異性戀、富者、中產階級、身體健全者以外的族群保持沉默。

> 關心他人、同理他人、看見彼此的差異並探究背後原因，這是所有受過不平等對待、嘗過邊緣化滋味的人所必備的技能，也是基本的生存之道。

例如，女性從小就得學會如何以不冒犯他人的姿態在男性的世界中生存。我們被教導要顧全男人的面子，要懂得「別放在心上，因為他沒有惡意」。我們被教誨行為要檢點，以免受到傷害，然而受害與否往往並非我們所能控制。男人，尤其是在其他方面享有特權的男人，卻鮮少被社會灌輸這樣的觀念。

然後我們竟然順理成章地，將傾聽、關心他人、給予讚美等基本人際互動技巧歸類為陰性特質？還但願男人別「像個娘們似的」！我的老天爺，難怪他們會變成這樣，妳說是吧？

這麼說並不是在為那些長這麼大卻依然無法與人正常對話的男性辯解。

❝ 我們可以一方面去認識將男人形塑成厭女者的力量，一方面拒絕接受「他們

就是無法控制自己」的藉口。因為他們
絕對可以。

"

　這點我們心知肚明，畢竟我們都會遇過既
不自我中心、對他人感興趣、本身也相當有
趣的男人。好吧，這種人在網路交友的世界
中也許很罕見，但我們知道這種人的確存在。
與此同時，對於任何希望被當成完整人類個
體看待的人而言，那些自說自話或是只會以
單音節字回應的人，實在很難稱得上是合格
的另一半。而我們全都應該堅守這條底線，
堅守這條低到爆的底線。

太長，講重點

我很好聊，但我沒打算跟你「好好聊天」，
卡爾。

D

is for Drama

D：抓馬

「✕請勿抓馬」

白話文

不能有情緒，也不能有意見，
更休想在任何事情上和我唱反調。
有個性可接受，但要懂得收斂。

~~~~~~~~~~

如果妳想見識不懂諷刺為何物的人是什麼樣子，上
交友軟體滑一滑就知道了。使用表情符號打出來的
紅色叉叉強調這幾個字，竟然有人會認為這麼做是
表達自己想要一段無負擔關係的最佳方式。紅色叉
叉！真是有夠抓馬的表達方式。

無論使用表情符號與否，「請勿抓馬」都是顯眼的警
訊，提醒妳立刻左滑。

只要是人，都會有態度激動、反應過度的時刻。去問問任何一位孩子家長，人類暴怒的極限在哪裡就知道了，這是普世現象。然而，關於情緒化的形容卻被高度性別化：女人就是容易大驚小怪、愛鬧脾氣。男人才不會這樣，妳可別把全世界體育場上那些哭泣、生氣、歡呼的成千上萬男性給扯進來——他們才沒有太誇張，只是比較熱血而已。不過，要是一群女性以同樣的方式現身，很可能被視為一群歇斯底里患者的集體病發。

　　「歇斯底里」一詞源於十九世紀的偽科學假說，聲稱那些顯露痛苦、憤怒和憂鬱的女性其實是生了一種病，一種愚蠢的子宮在體內四處亂跑的病。（我是認真的，這就是當時對歇斯底里的定義，沒在誇張。）而事情就是如此湊巧，這些女性恰好正是那群不能投票、

不能擁有財產的人，而且丈夫還可以合法虐待及強暴她們。真心搞不懂為什麼她們的心理健康會出問題耶——子宮亂跑恐怕是最合理的解釋了吧。

自醫生將難搞的女性貼上歇斯底里標籤的年代以來，我們的社會雖已大有長進，但是會大喊「請勿抓馬」的那群人，與過去之間卻有著驚人的相似之處。（補充：我後來發現，當時有些醫生的確試圖尋求按摩棒的幫助，讓女性高潮，藉此治療她們的歇斯底里症，所以，也許他們和現代花花公子的相似性並沒有我一開始以為的那麼高。）

要是有女性對父權體制下的諸多限制有所不滿，或者哪裡不開心，就會被社會扣上一頂瘋女人的帽子。這種意圖無疑是所有此類現象的共通之處。

> 我願意拿我的房子打賭，在這些男人的心中，請勿抓馬」實際的意思多半是要妳任他予取予求。乖乖聽話。微笑、點頭，然後幫我口交。

別奢望他們能給予多少承諾或多少同理心，有的話就要偷笑了。說實話，他們許多人甚至對「有」的定義是什麼都不確定。

多數時候，這些男人所認定的「抓馬」不過是一段關係的正常進展，而這也讓喜歡上他們變得更加危險。因為打從一開始，這些都不是問題。

不要和來路不明的陌生人一頭栽進熱戀，怎麼說都是相當合情合理的。在相互了解、評估彼此適不適合、建立信任的過程中對自己的事有所保留，以這些方法保護自己，才

是健康的交友方式。事實上，跳過這些步驟本身才是一種危險訊號。

然而，隨著妳逐漸敞開心胸，投入更多自我與感情時，妳對於另一半的期望也會變多，而那正是「請勿抓馬」男子們開始心生反感的時刻。

認識三四個月後，妳是否曾經小心翼翼地問：不知道我們現在的關係是，你知道的，有進一步的可能嗎？或許，他之後有沒有打算，要認真看待你們的關係？妳有沒有可能，能從這個每周共度好幾個夜晚的人身上，獲得一些基本的情感支持？妳對他說妳喜歡他（就只是喜歡而已）時，他能不能偶爾回應一下？

這些心願一點都不過分，卻往往被指責為不合理的要求。「寶貝，我以為妳不會在意這些。」「我覺我們現在的關係很剛好，妳為

什麼非得要把事情搞複雜？」或者更糟，「幹嘛想這麼多，妳明知道我喜歡妳啊。」我真的知道嗎，德瑞克？你認真？

在那些堅稱自己無法忍受另一半鬧情緒的男人眼中，任何一丁點需求（我們誰都有，是人都會有需求）都會被嫌太黏。拜託老天幫幫忙，請保佑我們不會奢望一段比空虛的訊息、酒精和性愛更多的關係，因為那樣很不理性；請保佑我們不會因為被貼上不理性的標籤而表現出受傷或生氣的情緒。有必要鬧得像個瘋婆子嗎？寶貝。

講白一點，那些劈頭聲稱自己「對抓馬沒興趣」的人，其實是為了確保自己永遠不必回應妳的任何需求，也不必處理妳的情緒。換句話說，他永遠不必為這段關係付出任何實質努力。

> 那些把再正常也不過的行為和需求視為抓馬的男人——並暗虧對方醜陋沒魅力——往往藉此操控女性，要求女性全然壓抑那部分的自己。

因為妳不希望把他嚇跑，不希望他對妳失去興趣，而他打從一開始就說了，自己對抓馬的人沒興趣。但是話說回來，如果讓他失去興趣的是，妳知道的，妳人格的完整性，那麼，我只是說也許，他不是那個對的人。

問題在於，成為一個有魅力的、被渴望的、被男性凝視認可的人，與我們的自尊實在太密不可分，以致我們很難真心相信，就算那些不把我們視為完整個體的男人不認可我們，我們也可以活得很好。

我們拚了命地想成為吉莉安 · 弗琳

（Gillian Flynn）筆下的愛咪，《控制》（ *Gone Girl* ）中那位活靈活現的「酷女孩」。那種女孩會竭盡全力取悅男人，捧場每一則笑話，聆聽男人自說自話，問所有該問的問題，並且假裝對答案很感興趣。她會逼自己變成任何一種對方最喜歡的樣子，而且永遠不會要求任何回報。

交友軟體問世許久以前，某次分手，我非常後悔自己為什麼要男朋友來找我，雖然他明明事先答應了。要是那天晚上我讓他繼續和朋友嗑藥，而不是煞風景地命令他遵守我們的約定，也許他就不會和我分手了。那時的我從來沒意識到，「我只不過提出了最基本的要求，他就把我甩掉，為什麼我要和這種人在一起？」

在那段感情中，一如我長大後所經歷的許

多段關係，我始終竭盡所能當個淡定、放鬆的自己。我允許那些顯然喜歡和我上床（誰能怪他們呢？），似乎也喜歡有我作伴的男人用冷漠的方式對我，持續了一個月還四個月吧，或者更久。我盡可能不向他們提出任何要求。我讓自己不要有意見，時常麻痺我的想法，並老是壓抑心中感受。

但妳知道嗎？我是有血有肉的人。我對事物的感覺很強烈，這種特質有時為我帶來混亂，有時美好，有時兩者兼具。愛我，就必須接受這些情緒狀態，接納這些混亂。任何值得我愛的人都不會嫌這是抓馬，不會嫌我太超過。這道理也適用於妳。

「請勿抓馬」男會讓妳相信，不滿足一段關係中只有Netflix和狂野性愛的自己，才是不成熟、不理性的那方。沒有什麼比這句話更

大錯特錯。是他們自己欠缺情感素養，所以無能與妳相處。退一萬步講，就算他們真的沒那麼喜歡妳好了（這顯然相當荒謬，因為妳是如此迷人），可追根究柢，事實是：他們寧願嫌妳無理取鬧，也不願像個大人成熟溝通，因為貶低妳簡單多了。

嘿，一定有人會說，這不全然是他們的錯，要怪就怪那該死的父權體制。活在這個男人唯有球隊在循環賽被淘汰時才能公開哭泣的世界，其餘時刻唯一能公開表露且能被社會接納的情緒是憤怒。我們到底還想期待什麼？

> 事實上，如果他們願意承認，女人表達情感並非是種行為缺陷，他們就不得不自問為什麼自己做不到。然後，真相自然就會大白了。

話說回來，妳可不是專門收容情感發展遲緩男性的復健中心，妳是個有血有肉有感情的人類。妳值得一個能接納妳就是妳的人。坦白說，任何其他的選項聽起來都太抓馬了。

太長，講重點

講真的，看到「請勿抓馬」就直接左滑吧，除非妳很喜歡別人把妳那些正常的人類情感或是／以及對尊重的要求視為無理取鬧。

E

is for Entrepreneur

E：創業家

「創業家。」

白話文

也許我真的創業有成，
但更可能的狀況是，
我只不過是個成天畫大餅講幹話
又愛往臉上貼金的人。

～～～～～

交友軟體上有很多創業家，多到令人起疑。如果真有那麼多前途似錦的創業家，經濟鐵定再也不會衰退，對吧？

「創業家」在現實中的意思非常廣泛：從傑夫‧貝佐斯（Jeff Bezos），到號稱正在發想新的APP而窩在老媽家地下室的無業男，都能涵蓋其中（坦白說，我寧願和APP男交往——貝佐斯太雷克斯‧路瑟[2]了）。

　　我敢打包票，有些人自稱「創業家」，目的是掩飾失業的尷尬，而我不想嘲笑這點。一個人沒有一份有薪工作的原因有千百種——從身心障礙到缺乏育兒服務支援——但我們的社會卻將這些人所受的羞辱視為正常，實在是不應該。受父權體制影響，被期待成為「一家之主」的男性尤其深受其害，因為他們深信，自身價值必須以工作及財富來衡量。

2. Lex Luthor，DC英雄漫畫中的反派角色，擁有超高智商的光頭富豪科學家。

但如果有人是刻意隱瞞自己的狀況，那可不妙。這麼做說明了他們對自己目前的處境並不滿意——甚至以逃避的心態面對。無論妳多麼同情那種人，我還是建議最好不要和他們發展關係。不過呢，那種人並非本章要討論的主角。

本章所要討論的，也不是那些以創業家為暗號，暗示自己有在販毒的人。我完全支持毒品除罪化，但我同時也希望，不必我說什麼妳也明白和藥頭交往的危險性。

我想談論的是那些賣弄的類型（老實說，有些人同時也是藥頭沒錯）。那些硬要用「創業家」——甚至「CEO」或「企業總監」——來取代「自雇者」或「小公司頭家」的人。他們這麼做是為了讓妳刮目相看，讓妳和他們一樣覺得自己好棒棒，不過這恐怕是件難以

達成的壯舉。這些人搞不好其實是普通的上班族，但他們覺得這份工作不符合自己「大創家」（大鵬創業家）的形象。

> **你才不是創業家呢，艾瑞克，你不過是稍微有在碰加密貨幣的房仲而已。**

我非常樂意嘲諷這些西裝筆挺的自大直男。他們的蹤跡會出現在交友軟體上那些倚著跑車擺姿勢的照片中（不是他們自己的車），或是和夜店裡冰鎮法國灰雁伏特加的自拍裡。我雙腿間那位激動的妹妹，請坐好。和這些人約會往往像是被強迫推銷一項你壓根不想要的產品。無聊得要命。

我常認為，炫富以及倚在很潮的車旁邊拍照這種行為，對於男人來說，就像美肌濾鏡

之於女人的意義一樣。男人對照片「修很大」的女性會發表的酸言酸語——好比嫌她們膚淺啦、很假啦——與我們對他們所精心挑選、能展示自己「充實人生」照片的心聲，其實相去不遠。

諷刺的是，那些會在自介上寫「不要噘嘴、不要用Snapchat濾鏡」的往往也是這群人。我懂你，伊森，就只有我們女生最膚淺啦。

廣義來說，宣稱自己是創業家就像是用言語展示一張身穿白色斜紋布短褲與一台瑪莎拉蒂的合照。或許它的確如實呈現了某些人的生活形態，但百分之九十九都是在鬼扯。

根據我可靠的直男朋友消息來源指出，女性很少在交友軟體中使用這個詞。還真的是非常令人吃驚呢。實際上，許多經濟地位高的女性往往會刻意避而不談。

我有位朋友，她之前從事房地產工作，如今自己出來創業。她說，男人每次都聽聞她有兩棟房子都大吃一驚。諷刺的是，當同一人聽她提起（非常成功的）指甲油小事業「Telle Moi」時，似乎沒那麼大受威脅，也許是因為主要客群是女性。**哦，妳賣指甲油呀？好可愛。**

我們的社會仍然保有一種觀念，認為女人比男性伴侶賺得更多或更成功是反常的，日後可能會釀出問題。女人自己也心知肚明，因此許多人會下意識地淡化自己的成就，免得惹男人不高興。但事實上，任何礙於妳的成就而卻步的男人，都不值得妳花時間在他身上。

市面上很多文章會教導男性與女性讀者該如何應對一段女方收入高於男方的棘手關

係。這類文章的標題多半會引述研究數據，宣稱「妻子收入較高會引發丈夫焦慮」或甚至「婚姻出現『這狀況』，離婚機率高三成」。此外，也有無數專欄熱烈討論男性是否會和收入比自己高很多的女性交往，或者女性是否願意和收入差自己很多的男性交往。

造成壓力的當然不是金錢本身。好比說，沒有人會去研究收入比男伴低的女性是什麼感受。因為，怎麼說呢，那再正常也不過了，不是嗎？性別薪資差距，有你真好！唯有當女性收入高於男性，或是真的在某方面技壓他們時（照護工作除外），問題才會浮現。

聽起來，我們豈不是活在充滿性別歧視的世界裡？這個世界不斷教誨男孩及男人：和一位成功、強大、獨立的女人在一起，某方面來講是有損雄風的一件事。

如果妳遇見了一位除了自稱為創業家外，各方面都不錯的男人，我會建議妳這麼做：問他幾個問題。部分原因是妳真的有興趣，部分則是測試他是否在胡扯。問問他們的業務內容究竟是什麼，要是他們只會扯一些比特幣、NFT 或某項大計畫之類的模糊答案，那麼大致便可判斷這人光說不練。

工作當然不是判斷一人成熟與否的絕佳指標。有的人表面上功成名就，內心卻還是個屁孩。

> 判斷一位男人是否和妳一樣成熟的唯一標準，是他對待妳的方式，而非他是否叱吒股市或坐擁豪宅。

來，讓艾琳阿姨和妳分享一個教訓。

我曾經和一位有房、有事業、與前妻共同撫養十二歲小孩的四十歲男性約會過。讚啦，當時的我心想，一位真正的成年人！他和那些靠不住又害怕承諾的傢伙一定不一樣。

　　哦，傻女孩，太天真了。

　　我們約會了兩次，但彼此都很忙，很難湊出兩人都有空的時間。一天下午，我剛好有幾小時的空檔，於是問他是否有空。他邀我去他家，但不是要與我共進午餐，也沒有要做什麼成熟又時髦的事。他說，他家客廳被他的房客（說來話長）弄得很亂，不過我們還是可以去他臥房看Netflix。我蠻確定他當時還打了幾個眨眼那類的表情符號。

　　我拒絕了。他的邀請基本上相當於：「用妳難得的空檔出現在我家跟我上床！」我才不要。

那之後，這男的變得越來越不可靠，我們便斷了聯繫。

　　我想那時我終於意識到，一個人的生活狀態並非判斷一人成熟與否的好指標。有的人即便生活看起來井然有序，內在依舊是個大草包。

　　這就是Tinder上那些「創業家／CEO」的問題所在。這類人大致上深信，唯有外在成就及可觀財富才是最重要的。

　　可是啊，我懂，很多時候對很多人來說，那些東西確實才是最重要的事……該死！但，一旦深入了解那人，發現他自大的外表底下其實什麼都沒有時，我會選擇果斷放棄，另尋對象。免費的法國灰雁伏特加實在不值得。

太長，講重點

如果創業家的身分是他性格中最大亮點，
也許這人根本就沒有亮點？

F

is for Fun

F：樂子

「找樂子。」

白話文

打炮。我想要找人打炮。

～～～～～～

我在 Tinder 上注意到的第一句「術語」就是「找樂子」，也就是暗示某人只不過是想找人上床。這句話出現的頻率之高，讓人不禁懷疑，原本的其他意思是否已蕩然無存。也就是說，假如某人約妳出去找樂子，妳可要當心了。對方所盤算的，絕對不是帶有遊樂設施和棉花糖的那種浪漫約會。可惜啊可惜。

我在交友軟體上遇過很多男人，大約聊了五句後就會問：「所以，妳想找的是什麼？」這句話的意思十之八九是，他們想搞清楚，妳是為了建立某種認真的關係（老實說真是壓力山大）而來，還是說也不排斥輕鬆、不被綁住的肉體關係。

若換成這些人來回答同樣的問題，每人的回答幾乎千篇一律：「我只是想找點樂子。」這就是了，是不被綁住的肉體關係，無誤。

我曾直接反問幾個人，他們說的到底是哪種樂子（我就是會做這種事，不意外）──是性愛那種，還是別的？他們總會回答，兩種都要。雖然，如果他們夠老實的話，應該會承認自己根本不在乎什麼「別的」樂子。

嘿，別誤會我的意思。性愛確實很有趣！或者說，性愛可以、也應該要是有趣的。無

論是哪種性別，想在交友軟體上尋找一場安全的性行為並沒有什麼不對。「樂子」這個雙關用語唯一令人討厭之處在於，假如妳是一名與順性異男上床的順性異女，那麼，性愛通常沒那麼令人滿意。實際上，性行為有趣與否，取決於跟妳上床的對象是否有意願努力讓這個「有趣」成為雙向的感受。

因為，關於性愛，有件小事實你可能不知道：女人是喜歡性愛的。

我們當中有許多人真的非常享受性愛。與坊間流傳的觀念相反，一場性愛不是非得要有情感連結，才能讓我們感到愉悅。只要對方是一位懂得雙方合意為何物，懂得關心我們是否愉悅，並且了解女性身體基本構造的人就行了。不過呢，可想而知，若妳的對象範疇是順性異男，那麼符合這組條件的人實

在少到令人傻眼。

當然，世上沒有一種絕對可靠的方法，能判定剛認識的人是不是名好的性伴侶。但，要是對方只會傳一些明顯含有性暗示的訊息，或是不乾不脆瞎扯一堆「樂子」的話題，除此之外都不願意和妳大方聊性的話，情況恐怕不太妙。

人們不是只有在交友軟體上才欠缺成熟聊性的能力。不過，與面對面的時候相比，網路這個環境顯然更能讓男性放心地使用性暗示。

無拘無束可以是件非常健康的事，能讓性愛普遍來說更加美好，或是讓人有機會能和聊天對象坦率分享性事偏好，溝通彼此的原則。然而，若說到異性戀交友，現實當然才沒這麼理想。只要看看〈C：好好聊天〉的幾

個案例中，交友軟體上的男性是如何談論性事的，就能了解狀況有多糟糕。

> **男人在交友軟體上自斷性愛生路的程度實在令人吃驚。**

已經數不清有幾次，當我遇到一位還蠻有可能成為床伴的男性，他卻在未確認我是否能接受進一步的行動前就擅自越線，讓滾床的可能告吹。從微具挑逗意味的調情，一下子跳到某種「我等不及要從妳背後來」的放話，這種行為實在令人反感至極，讓我瞬間興趣全失。而我知道，並非只有我這麼覺得。

老是這樣，對吧？那些硬是將話題轉為性愛的男人，很少會說他要溫柔愛撫妳的乳頭，也不會說他想用手指緩緩撫過妳的大腿。他

們總是直接跳到某種Pornhub[3]風格的快速抽插場景。菲力斯，你怎麼能確定我想要從背後來？你怎麼能確定我喜歡大力一點？你曾經思考過我想要的是什麼嗎？

讀者們，他從沒想過。

我有一位朋友，凱特，她經營著一個很棒的Instagram帳號「三十好幾單身中」（@ThirtySomethingSingle）。二〇二〇年，凱特曾經在交友軟體上進行一場小型社會實驗，問那些有望進展至上床，或者已經跟她上過床的男人一個問題：「你喜歡用什麼方式讓女人高潮？」

她收到的回答很搞笑，但同時令人沮喪。其中一人似乎認為，只要在猛烈抽插時凝視

---

3. 全球第二大色情影片網站，也是全球瀏覽量第十二大的網站。

女人眼睛，就能成功達陣。這位先生，你的眼睛難道是會變魔法嗎？還有一點也不意外：許多回答都提到猛烈抽插，卻鮮少有人提到陰蒂。唉。

順帶一提，在我看來，這個問題最棒的回答應該是「這取決於她喜歡哪種方式，我喜歡用最適合她的方式來讓她高潮，關鍵在於溝通」。這樣的回答超、級、性、感。不過如果回答「用我的手指／舌頭」也很優秀。

我百分之百相信，認為只需強推猛送就能讓任何女人高潮的那種人，也是會在聊天時說自己只是想找樂子的人。因為，他們所關心的不是妳的樂子，是他們自己的。

> 研究顯示，擁有陰道的人當中，近八成的人無法單靠性器官插入達到高潮。

這種漠不關心的態度，通常也會表現在不情願戴套的問題上。任何一位與順性異男有過一次以上性經驗的女性，大概都聽過「不戴套舒服多了」這套說辭。哦，這樣啊？嘿，但是啊，對我來說，不必擔心會懷孕或染上性病，並且感覺床伴有在尊重我的界線時，我才會舒服得多。看來我們之間是大概是死路一條。

我曾經交往過一名男子，他的上一段關係維持了兩年。他告訴我，在他們交往的第一年，前女友本來決定吃避孕藥，但出現一點副作用，所以後來才改用保險套。他說完這則故事時，自己下了總結：「看，我人多好？」妳沒聽錯，他認為，為了不讓女朋友受激素藥物的副作用所苦，他選擇犧牲自己，使用保險套，足以證明他是一位優秀的男朋友。

這標準也太低了吧。不過,我也必須慚愧地承認,當時的我邊聽邊點頭稱許。我應該直接轉身走人的。

任何脫口而出「我不喜歡戴套」的男人都無法獲得我的信任。這是因為,世上沒有人**喜歡**戴套。如果妳問別人,他們最喜歡性行為中的哪個部分?在大多數的情況下,應該沒有人會說是翻找杜蕾斯的時候。

所以,男人對女性床伴說這話時,究竟是想獲得什麼呢?我認為有兩種可能。一,他們希望能誘導妳允許他們不戴也沒關係(又來了,所謂的「酷女孩」)。二,他們希望因為採用避孕措施這種極為基本的行為而獲得某種獎勵。老兄,使用保險套是無法讓你獲得好寶寶章的。難不成,你曾聽過某個女人因為自願吃避孕藥而四處討賞的嗎?你知道

的，就是那種，真的會導致副作用的避孕措施？沒有，因為我們不是自以為是的混蛋，不會認為性愛與愉悅理應暢行無阻地找上我們——還真的是「無阻」無誤。

想找人上床的男人中，有太多人僅將與他們約會的女人視為娛樂來源（使用「約會」來形容已經是手下留情了），而且這還算是最好的情況。那些最糟糕的人，甚至僅將她們當成有胸部的玩具看待。因此，儘管我們都要學習不再將令人失望的性愛視為自己的錯，但，若一名順性異男邀我一起共度「有趣」的夜晚，我絕對會帶著健康的懷疑心態去接招。

太長，講重點

●

省略前戲的性愛一點「樂子」也沒有，
富蘭克林。

G

is for Good Vibes

G：正向

「限正向。」

白話文

我用無法接受負能量的陽光人設，
來掩蓋自己無能處理衝突
——或者說——
無能接納人類完整情緒光譜的事實。

交友軟體上老是出現「限正向」（又稱「負能量勿
擾」）這個詞。搞不好，妳自己的自介裡就有。所以，
在深入探討某種特定類型的「限正向」者前，讓我先
澄清，在我看來，這個詞本身並不算警訊。很多人
之所以寫上這句，只是想表達「不要太沉重」或「別
當討厭鬼」。尤其，考慮到交友軟體上以男性為交友
對象的女性要面臨的處境有多可怕，會有這兩種心
願也無可厚非。但是，要知道，如果妳也加入使用
這款自介的行列，站在妳前後左右的，可是一群話
裡藏針大師。

這群重視正向氛圍的傢伙，與主打「請勿抓馬」的人有許多相似之處，只不過這群人更得寸進尺，在這方面精益求精。他們絕對不會嫌妳怎麼那麼愛鬧脾氣，因為那樣說太直接了。他們會用暗示的：妳活得太緊繃啦，是不是該找時間多冥想？要不就是說：妳這樣子實在很難相處，妳的負面情緒讓人很心累，妳知道嗎？

「這樣子」到底是什麼意思？只要任何不符合他們心中正向定義的，都算。

> **也許妳很累，也許妳心情不好，也許妳不爽他們的行為。不管是什麼原因，都會嚴重煞了他們的風景。**

許多強調「限正向」的人也會自稱為「重視

身心靈」的人。在此，我想特別強調自稱一詞，因為我想討論的，不是那些真正在實踐靈修的人。那些人並非在作秀，而是真的想透過靈修穩定內心，進而與其他人類伙伴產生連結。在我的經驗中，真正重視身心靈的人都格外謙遜，同時非常關心他人。

我所指的人，是那些將「重視身心靈」視為一種人格特質，並認為擁有這項特質就比我們這些凡人更加高大上，同時也是成天將昆達里尼[4]（Kundalini）和「有毒的能量」掛在嘴邊的人。此外，也包含了一類白人老兄，他們頭上綁了不知是否有在清洗、滿滿文化挪

4. Kundalini 一字在梵文中的原意為「環狀的；圓的；纏繞的」，後幾經流轉，成為部分瑜珈哲學中，一股蘊藏於人體脊椎底部的原始生命動力，可以透過鍛鍊喚醒人類的靈性，因此也常被認為與性／性驅力有關。

用意涵的髮辮，還嫌女朋友迷幻藥物攝取不足，水準比不上自己（是的，真的有這種人）。

這群追求身心靈正能量的人總是有給不完的建言，而我喜歡稱這些建言為「賤言」（jizzdom）。妳應該試試超覺靜坐（transcendental meditation）。妳該多吃點迷幻蘑菇。妳應該試試真正能「解放」妳的那種性愛（真巧，那種性愛剛好也是他們喜歡且想試的）。他們可能會說，妳的海底輪阻塞了，而他們知道該怎麼幫妳疏通。（如果這句讓妳覺得很噁想吐，我很抱歉。但其實自己我在寫這段時也超級想吐。擊掌。）

賤言【ㄐㄧㄢˋ ㄧㄢˊ】名詞

jizzdom [jizz • dom] *noun*

以情緒智商之詞彙系統包裝，搭配用錯地
方的自信，所給予的建（ㄆㄧˋ）議（ㄏㄨㄚˋ）。乍聽像智慧，但細聽便知，全是胡
說八道。

除了強行給予狗屁不通的性指示以外，就
算他給的是善意的建議，也會讓人超級不爽。
在交友與感情的脈絡之外，他們的潛台詞往
往是「給我成為我想要妳成為的那種人」，或
者甚至是「不要那麼做自己」。而最終，這些
要求會讓妳感到很受傷。

如果妳交往的對象希望妳成為某種清新脫

俗的女神，回家後卻發現妳坐在沙發上看《戀愛島》（*Love Island*），肯定會大為幻滅。

我有一任交往了很久的男友就是很「重視身心靈」的人，而以前的我覺得，我讓他失望了。他非常在意正能量。他不喜歡上餐廳吃飯（但我很愛），因為餐廳後場的混亂與怒氣會化為負面能量污染食物。對，妳沒聽錯。就連在家下廚時，要是我一邊聽著激烈的嘻哈或grime[5]音樂（都是我的最愛）一邊做菜，他就會進來對著食物唱起瑜珈經頌，以驅散前面提到的粗暴能量。我很沮喪，但他對我那麼好，所以我後來下廚時就不再聽喜歡的音樂了。交往過程中，我慢慢磨掉自己的稜

5. 二〇〇〇年代初期於英國東倫敦發跡的一種音樂風格，結合了鼓打貝斯（Drum 'n' Bass）、雷鬼舞廳（dancehall）以及嘻哈等幾種音樂元素。

角，免得干擾到他的正能量。劇透預警：結果證明，我並不是關係中讓人失望的那方。

領教過正能量者荒誕事蹟的，不是只有我一個人。不知道是幸還是不幸，我從我的 IG 小伙伴們那裡也聽說了許多類似的故事。有些令人笑到飆淚，有些令人氣到咬牙切齒，還有許多兩者皆是。

有個男人一本正經地說，自己總是會遲到是因為他**超越了時間**。還有一人不肯洗澡，因為那樣會**重置他的能量**。小心別想像那畫面太久。另一位仁兄參加了 Bumble 交友軟體上的問答活動，題目是「我在……的時候感覺最有力量」，而他的回答是：「勃起狀態在鏡子前深蹲的時候。這是非常靈性的儀式，妳不會懂的。」他是在開玩笑嗎？有可能。但我想，我們都曾遇過那種，會將自己的勃起

奉為「靈性事物」的男人。

在正能量俱樂部中，妳也會發現「我不喜歡戴套」的小分隊成員（正能量俱樂部是個深具物種多樣性的群體）。有個男人曾經對我IG上的一位追蹤者說，他之所以沒戴套，是因為那樣他們就「無法進行靈的轉移」。這位先生，如果「靈」指的是小孩或者／以及性病的話，那麼真的很不應該進行轉移。

還有一位仁兄，他被抓到出軌還傳染性病給女朋友後，是這樣狡辯的：「我的正能量就是滿到溢出來，不得不給出去，不然還能怎樣！」這人不要臉的程度，真的是叫他第一名。

66 這就是問題所在。這群混蛋什麼事都能扯上正能量，就連他們自己犯下的爛事也不例外。他們希望自己能無時無刻

活在美好當中，即便他們自己就是一顆老鼠屎。"

「聽我說，寶貝，我真的受不了這種負能量。我可是自由的靈魂！」好吧，葛拉漢，你的靈魂可以自由了，因為我們不打算容忍如此荒謬的行為。絕不。門都沒有。還有，沒錯，我這麼做非常負面，不過就此情況來說，是相當得體的表現。

聽好：想法總是很負面的人，顯然不會是妳的真命天子。如果你們每次外出吃飯，他都對食物嫌東嫌西，還總是批評妳的朋友；如果你們看的每一部電影在他口中都爛透了；或者，對方總是拿妳和別的女人比較？那的確就是一種極為負面的能量，塊陶啊。但，同樣地，完全不允許絲毫負面情緒出現，

也是巨大的警訊，說明了對方欠缺處理正常人際問題的基本能力。因為沒有人是永遠正向的。絕對不可能。

　　妳有權感到悲傷和生氣，也有權做傻事和抱怨。當然，得是在合理的範圍內，但所有這些狀態都是絕對正常的。

　　一段關係剛開始的時候，我們總是會隱藏自己的缺點。好比說，身為一位憂鬱症及焦慮症患者，我鐵定不會劈頭如此介紹自己。然而，當交往漸深，如果這個人無法接受有時會情緒低落的我，那麼繼續交往下去，又有什麼意義？難道是要我享受偽裝成陽光甜心的感覺嗎？先不了，謝謝。我寧願等待一位心智夠成熟的人出現，成熟到足夠理解，要求對方無時無刻保持正向的行為本身，其實才是那股負能量。

太長，講重點

我只會要求床頭櫃最下面抽屜裡的玩具給我正能量。真實的人類是複雜而多變的。

H

is for Height

H：身高

「妳最在意的來了：
我一八八公分。」

白話文

身高的重要性我太懂了。
自從十七歲突然抽高開始，
我就一直靠著身高輕鬆遊走感情世界。
至今，這依然是我全身上下最大的優點。

～～～～～～

挑選對象時，妳是否對個子高的人情有獨鍾？不是
只有妳如此。隨便點開任何一檔戀愛實境秀，女性
出演者在被問到理想型時，「身高要高」幾乎是所有
人共通的擇偶條件。男人，各種身高的男人，自然
也心裡有數。對矮個子的人來說，這感覺鐵定很煩。

每次我在 IG 上分享新的自介時，只要上面所標的身高是一八三公分——姑且先不論自介的其他部分有多糟——總會引來至少五條「我敢賭他鐵定只有一七五。」之類的留言。那又怎樣，漢娜？這位仁兄才在自介中寫到「胖妞先不要」，而妳卻只在意他有沒有達到男人的平均身高？好喔。

　　我知道，留言的人不完全是這個意思。她們想表達的是，交友軟體上許多男人都會謊報身高，而在自介中撒謊不是個好預兆。這點我同意。

　　不過，許多女性（和男性）議論矮個子男性的方式，讓我無法責怪那些會在自介中誇大——或忽略——身高訊息的人。這種行為，和那些變胖的人會上傳自己瘦時的照片，以及禿頭的人只會上傳自己戴帽子的照片，一

樣都是源於缺乏安全感。這是欺騙嗎？也許吧。但是否無法理解？不，我完全理解。

這個世界對於魅力的定義相當狹隘，我們絕大多數的人都在這場遊戲中費盡心思，想將自己塞進那個窄小的盒子裡。

在妳開始嫌我怎麼進入聖人模式之前，我應該先聲明，這種對於高䠀男性的偏好，就連我自己也無法免疫。有好幾次，我正在猶豫要不要和某人配對時，一看到他說自己身高超過一八三，立馬右滑。是不是挺膚淺？

澳洲、英國和美國的男性平均身高為一七五公分，其中大約只有十五％的男性身高超過一八三公分。

「等等！」我聽見妳大喊。「偏好某種外型，

並依此挑選對象，應該沒什麼不對吧？」

　　嗯，是沒什麼不對啦。大概吧。而且在我看來，這還取決於妳滑交友軟體的目的。如果妳不過是想要一場火熱的性愛（這理由很正當），所以只想找個外貌一眼就來電的人，這麼做當然是沒什麼問題。但，要是妳想找一位個性真的和妳合得來的人，那麼我會建議，拓展一下自己偏好的類型範疇，或是至少捫心自問一下，這些偏好是從哪裡來的，應該會有幫助，值得一試。

66

　　因為，人們總以為自己對各種事情都存在某種偏好。但實際上，這些偏好往往與偏見以及／或是執迷有關。

99

　　基於種族、體重、身高、身心障礙、性別

認同或其他因素，進而以此排斥某人、受某人吸引，這種行為時常被我們以「偏好」一語帶過。也許有些的確是個人偏好沒錯，不過，如今這個世界，當每個廣告看板都在高喊白人、苗條、健壯、順性別、高䠷、無殘疾的身體才「正常」、才具吸引力時，身處其中的我們有責任為自己──以及他人──做些什麼，至少從反思幾個問題開始。

如果妳同意以上觀點，那妳應該不會驚訝聽見我這麼說：我認為，我們對高個子男人的偏好，多半承襲自父權體制所制訂的標準，而我們應該從自己開始，努力拒絕這種理所當然的規範。這麼做，並不是因為妳應該賞矮小的男人一個機會（雖然這種狀況也是有），而是因為，我們這輩子太常被諄諄教誨，若想成為一名有吸引力的、表現良好的、

被社會所接納的女性，我們必須小隻一點。或者說，至少要比男人嬌小。

沒錯：繫好安全帶吧，朋友們。在這一章中我所要談論的厭女問題，是我們已經內化了的那種。

我們從小就被灌輸一種思想，認為女性就該嬌滴滴，就該小鳥依人。關於這點，迪士尼可說是居功厥偉。公主們與王子們相比，身高總是至少矮了六英寸，體寬則窄了四分之一。十四歲就長到一七五公分的我，和那種形象始終沾不上邊。我總覺得自己太大隻，各方面都是。我們從小受周圍叮囑，要求女生不能占用太多空間，無論是個性上還是身體上，而我總是兩者都做不到。

我花了大半生才明白，我之所以會渴望生命中出現一位一九三公分的橄欖球球員，渴

望被他的強壯雙手給擁在懷中，很大的原因是，那麼做會讓我感覺自己是位貨真價實的、漂亮的、有女人味的女生。我從未公開說過這句話，甚至不曾認真想過——因為我腦中的女性主義聲音拉不下臉承認。但，一股希望變得嬌小玲瓏、希望因此更有資格被愛的渴望就在那裡，就躺在意識之下。令人反胃。

當然，不是每個人都和我有一樣的想法。比平均身高矮的女性，時常嚷嚷著要是能長高一點就好了，因為嬌小的身高容易招來輕視，尤其是在專業的場合中。在我看來，這種想法並非空穴來風。因為，倘若嬌小被視為女性化的代名詞，那麼身材嬌小的人或許是迷人的，但鐵定很難被認可為會議室的一份子。

許多身材較高的女性也表示，雖然她們並

不在意身高差距，可是與她們約會的男性會在乎，從他們充滿控制欲的行為就可見端倪，好比「不允許」妳穿高跟鞋。（如果有男人試圖不讓妳做任何事，叫他滾！）甚至，他也可能會藉由貶低妳來讓自己感覺更強大。

沒錯，有些矮小的男人確實會出現這樣的行為。但那不是因為他們矮——而是因為他們是一群缺乏安全感，並且將其發洩在伴侶身上的蠢蛋。而在缺乏安全感的蠢蛋中，高的矮的都有，我相信妳懂。

我遇過一些很棒的約會對象，當中不少人其實都比我矮，但他們完全沒放在心上。反倒是我，總嫌自己是個笨重的大塊頭（我懂、我懂，這就是所謂的自我批評！）動不動就會自我審查，為自己設立不准穿高跟鞋之類的可笑規定，一切只因我太渴望在物理上成

為無法成為的人：一名迪士尼公主。

廢話，我們沒有人能夠成為迪士尼公主——我們會看起來格格不入，可笑至極。但話說回來，是從什麼時候開始，童話中的美女形象，竟然成了女性在現實中應該要能做到的標準？於是，美夢不再成真，成真的是夢魘。

話雖如此，但我還是忍不住會這樣想。

> 我千方百計縮小自己，好討男人歡心，但通常只能維持一下下。我那過長的四肢、強烈的主見，最終總是會掙脫禁錮，讓我的幻想破滅。

我確實會單純因為對方個子高，就給予某些混蛋根本不配得到的關注。我在描述新對

象是哪裡吸引我時，太常會加上一句「而且他很高」，彷彿個子高並非遺傳學上的機率，而是一項人格特質。

所以，沒錯，交友軟體上的小伙子當然也知道身高很重要，而如果我們想要，當然能以此嘲弄他們。不過，那麼做只會讓我們成為徹頭徹尾的偽君子。

如果，妳喜歡高大男人的原因之一是，在他身邊能讓妳感覺自己嬌小一點，那麼妳很可能會為了舒緩自己的不安而因此低估一些很棒的男人。這種不安，本質上是一種性別歧視，八成也帶有恐肥症（fatphobic）與健全主義思想。我們自己心裡有數，所謂「男人要有肩膀，女人要小鳥依人」是過時、二元化的無稽之談——所以，是時候讓我們彼此捫心自問，質疑想法背後的理所當然了。

關於交友中的健全主義

性主義並非影響身高偏見與喜好的唯一因素。與其他許多會影響交友意願的外貌條件一樣，若深入探究，便會從中發現健全主義的蹤跡。在此議題上，我無法單靠一己之力辨識問題所在，自然也沒資格以任何具權威性的身分發表意見。但是，我從聆聽身心障礙者聲音的過程中學到了很多。因此我想，此處最好的做法是為讀者指路，介紹一些這類聲音，而非由我以一種代言人的身分發言，嘗試總結身心障礙人士在性愛與感情上所遭遇的複雜、令人洩氣的情境。談到身高話題時，作家兼網路意見領袖凱西・雷（@CathyReayWrites）是第一位點出我忽視了健全主義作用的人。我在本書最後

列了一份「快去關注」清單，妳能在上面找到其他令人驚艷的身心障礙創作者。在本章節，讓我先簡單以這個問題總結：妳對外貌的偏好是否將身心障礙人士排除在外，讓他們失去與妳配對的機會？

太長，講重點

也許妳真的喜歡高大的男人，
但也不排除是父權體制在作祟。

I

is for Inked

I：刺青

「刺青。」

白話文

我有刺青。
想必妳能從我每張照片看出來，
但我還是想再強調一次，
因為，其實呢，
這些刺青就是我人格的全部。

～～～～～～

沒了，全文完。

J

is for Joking

J：玩笑

「幹嘛認真，
我開玩笑的啦。」

白話文

我剛剛是在測試妳的底線／
就只是在秀下限。
不過既然被妳揭穿了，
我只好假裝自己沒這意思。

～～～～～

妳聽過「薛丁格的混蛋」這個現象嗎？（我嘗試找出
來源但失敗，總之，造出這詞的人真是天才。）薛丁
格的混蛋指的是，發表冒犯言論後，依據他人反應
再決定自己是認真還是在開玩笑的人。

以下的例子說明了在交友軟體中，「我開玩笑的啦」這句話會在什麼情境下出現：

嘿，妳今晚要幹嘛？

沒特別想幹嘛，大概會看看電視吧

哦？還是我過去找妳？我們可以看看 A 片……也可以自己拍一部。

呃，才不要。你這人太超過了吧？反正不管怎樣，我絕對不會讓陌生男人來我家。

好嘛好嘛，放輕鬆，我開玩笑的啦，妳幹嘛那麼嚴肅。

覺得這對話很耳熟？我也這麼覺得。

重點是，這些男人根本就不是在開玩笑。他們是在試水溫，看看能不能撈到什麼好處。如果今天有位女人用「天啊，我求之不得，

快過來！」回覆這些猴急的性挑逗，我非常懷疑傑森還會使出他那套「我開玩笑的啦」說辭。

不只有那些擅自挑逗他人的傢伙會拿所謂的幽默當擋箭牌。發表歧視言論的人也常宣稱自己只是在開玩笑，當作卸責的經典招數。

於是，我們一點也不意外，「我開玩笑的啦」這種開脫策略真的成為極右派廣為應用的修辭手法。在蘿拉‧貝茲（Laura Bates）讀來令人心寒的必讀之作《厭女的男人》（*Men Who Hate Women*）中，她詳細記錄了所謂「男人圈」（manosphere）社群的運作及意識形態。這是個由極端厭女人士（例如非自願守貞者〔Incel〕及男權運動人士）所組成的社群，他們的觀點近來逐漸滲透到主流文化當中。正如貝茲所言，這些群體和極右派間有著緊密的關連與高度的重疊性。

極右派所採取的策略之一，是採用一種特定的口吻行事，這種口吻的特色是，一旦事後受到指責，總能以諷刺輕鬆開脫。貝茲在書中，舉新納粹主義者安德魯·安格林（Andrew Anglin）所創立的激進分子網站（我不會提起這個網站的名字）的「撰文指南」為例。二〇一七年，《赫芬頓郵報》（*The Huffington Post*）買下了這篇所謂的撰文指南，並全文刊登。該文揭示了極右派在高度自覺情況下所縝密規劃的招兵買馬策略，讀來令人不寒而慄。

全文充斥著可惡的種族主義、性主義和厭女情結，當然也少不了猖獗的反猶太主義。除此之外，安格林還堅持，網站上所有文章必須採「輕鬆的」語氣撰文，並說出「大方向是，撰文者在提到種族梗時，應該採用半開

玩笑的語氣」以及「未被洗腦的人應該無法分辨我們是認真的還是在開玩笑」類似的言論。

> **種族主義者和厭女者利用玩笑創造灰色地帶，設局釣出願意埋單他們意識形態的人。**

與此同時，他們還能利用這點，在批評者的頭上扣上開不起玩笑的帽子。沒錯，Tinder上那些變態的觀點，和暗網上的惡棍有時如出一轍。

網路上的順性異男雖然很少（但並非從未）意識到自己與納粹為伍，仍會採用相同的策略，用極為不妥的態度對待女性。而當我說極為不妥，差不多就是性騷擾的意思，只不過如今這種混帳行為實在太過普遍，導致我

們很少再像過去那樣稱呼。

被人糾纏索求裸照，或是被僅寒暄過幾句的人用露骨的性暗示騷擾，已經成了許多女性無奈接受的日常。這種日常，就好比在路上被騷擾，或是回家時必須把鑰匙緊緊握在手中那樣，是我們要為自己並非生而為男，所須付出的代價。

老實說，每當我這樣想，就覺得還蠻公平的。妳想想，要當男人欸。

這是在反諷。算是啦。

> 社會期許女性必須忍受一定程度的爛事，因為這就是現實。要是我們不滿現況而挺身反抗，就會被貼上假仙或高傲的標籤，或是領受一頓指教，叫我們要學習接納玩笑。

姐妹們，傑克當然不是**真的**希望我們在Snapchat上露奶給他看——他顯然只是在開玩笑啦！

女性主義者一天到晚受到這類指控——嫌我們毫無幽默感，一群沒用的飛機場，因為沒男人要而心存怨恨，只會聚在一起氣噴噴。我甚至連在自己的Instagram上都會遇到。每次只要有男人（總是男人）在我其中一則諷刺交友軟體自介的貼文下方留言表示，「嘿，妳需要放輕鬆，沒那麼嚴重」，我都會被娛樂到。開心地回覆他們「開開玩笑而已，老兄，冷靜點」是我生活的一大樂趣。

> ❝ 那些到處指責別人玻璃心、嫌別人缺乏幽默感的男人，實際上，要是自己成了被開玩笑的對象，多半也承受不起，

甚至連稍微挖苦一下也不行——真是諷刺到不行。

"

沒錯，我就是在說你，皮爾斯 · 摩根[6]（Piers Morgan）。

這些愛開玩笑的人還有另外一個最愛的口頭禪：「如果妳這麼容易感到被冒犯，我們一定合不來。」我敢拿我家房子打賭，每位自介裡出現這句話的人，每天鐵定至少會說一次充滿性主義、種族主義、健全主義、恐同、恐跨、恐伊斯蘭或反猶太的言論。所以，公平起見，他們說的是對的，我們真的合不來。

過去的我會因為被嫌不夠放鬆而暴跳如雷。為什麼我就不能讓事情過去呢？我是不

6. 英國知名電視主持人，以時常發表爭議性言論聞名。二○二一年，他在自己的節目中反被來賓譏諷，憤而衝出攝影棚。

是很煞風景？我是不是都把事情看得太認真了？不是這樣的。我很享受大笑的感覺，但我無法享受的是，那些言行冒犯、對世界有害，還認為自己能用「開開玩笑罷了」當成藉口搪塞過去的混蛋。

會用這種方式試圖堵住妳的嘴，不允許妳批評他的男人（或任何人），以及會用「玩笑聲明」包裝自己的好色之徒，都得格外留心。他們是在試探妳的底線，看看他們能卸責到什麼程度。這種行為和幼兒沒有什麼兩樣──不斷挑戰邊界，看看對方是否會讓步。不過，這些人恐怕要失望了，因為我們已經看穿他們的伎倆。從現在開始，我們只和成年人約會。

J is for Joking——玩笑

太長，講重點

我只喜歡能逗我笑的笑話。
至於那群自鬧笑話的人，慢走不送。

K

is for Kinky

K：刺激

「想玩點刺激的嗎？
向右滑吧。」

白話文

我根本沒聽過什麼叫做雙方合意的特殊性癖好。我說我是「主／支配者」純粹是因為，我喜歡未經床伴同意就擅自打人、掐人、扯人頭髮。

我有時候會想，如果每個在自介中提到「刺激／重口味」的男人對BDSM[7]的世界都能有基本的了解的話，性愛將變得多麼美好。如果他們能像熱衷於打屁股、吐口水一樣，同樣熱衷於溝通、同意和關懷的話，那麼親密關係與欲望的樣貌將變得多麼有趣、令人興奮，同時也更加尊重對等。

然而，會在交友軟體自介中提到BDSM或寫到「刺激」的男人（特別是順性異男），他們的核心欲望往往都是——想要在性愛中虐待女性、對女性施暴。

---

7. 非典型情趣行為的泛稱，又可細分為綁縛／調教（Bondage & Discipline）、支配／臣服（Dominance & Submission）、施虐／受虐（Sadism & Masochism）。

只需點開 Pornhub 主頁就會發現，從扯頭髮到限制呼吸，太多性虐行為已經成為常態。遺憾的是，BDSM 社群中非常重視的關懷與溝通文化，卻尚未成為主流。於是，我們所面臨的淨是暴力的宰制行為——十之八九都是男性對女性——而且這種處境還被描繪成雙方或多方都能從中獲得性愉悅的場景（色情片女星真的很會演）。

不少人或多或少聽過性愛派對、性愛俱樂部以及特殊性癖好專用的交友軟體，卻不了解實踐者究竟需要設定多少界線與個人規範，才能將那些場所打造為安全且愉悅的空間。對於我們之中那些在性事上口味較「清純」（我們將在〈V：清純〉中討論「清純」這個詞是如何不當地被用來羞辱與脅迫女性）的人來說，要學的可多著呢。

從事特殊性癖好活動時所需遵守的原則，一般認為主要有兩派表達方式，一種是「安全、理智、知情同意」，另一種是「有風險共識的兩願實踐」。進行任何活動前先講好界線；必要時約定安全口號；若有人違反約定或踩線，社群成員會互相警告，那人便不再受到社群歡迎。

從事並享受BDSM的人會在好戲開始前討論彼此事後照顧的需求。有些人喜歡擁抱，有些人喜歡交流剛才的場景（也就是他們為彼此創造的性興奮場景）帶來什麼感受，也有人喜歡馬上去洗澡，諸如此類。就算只是相約上床，雙方對彼此應盡的責任也並非在高潮那刻就畫下句點。BDSM社群對性事的態度及做法極為成熟，而事後照顧更是當中的一大重點。

可想而知，如同我先前所說，大部分自稱喜歡追求「刺激」的男人，或是／以及希望尋覓這類對象的男人，對於以上概念都一無所知。

在交友軟體上自稱為「主／支配者」，或是說自己在喜歡在床上「發號施令」的渣男數量驚人地多。這些人的目的多半不是營造一種雙方同意且事先說好的愉虐場景，好與喜歡臣服口味的女方來一場能互相滿足的性愛。這些人就是想要打妳，罵妳蕩婦。

當然，如果這麼做正中妳的下懷，那很好！我自己也享受過幾次在火辣場景中擔任臣服角色的快感，所以彼此彼此。不過，這種場景之所以有趣，很大的原因在於，我知道對方內心是帶著「知道我也會喜歡」的心情才執行動作。我們事先討論過彼此的界線，

我們在性愛結束後互相分享剛才喜歡和不喜歡的部分。過程是雙向對等的，而且感覺很安全。

然而，有太多時候，壓根就沒有任何對話。這可歸咎於兩種關鍵現象，一是廣泛流通的暴力色情片，二是《格雷的五十道陰影》（ *Fifty Shades of Grey* ）一類的書籍——兩者的存在不停暗示，女人真正渴望的事是被征服。

但就算對方是有著傑米・道南（Jamie Dornan）臉蛋的億萬富翁，也不能合理化格雷總裁那種冷酷無情、充滿控制欲的性偏好（我想再特別強調一次，不行），那麼，我們為什麼要容忍 Tinder 上的會計師凱斯對我們做出類似的行為呢？

❝ 太多女人遭到未經同意的宰制與羞

辱。讓我開天窗說亮話：那不是「刺激」，而是虐待。 "

世界上哪裡還有這種事：妳不僅被打、被掐或被辱罵，還得自我圓場：「好吧，我猜他就是喜歡這味？」

我和許多曾受男性床伴可怕對待，且過程往往伴隨疼痛的女性談過。被人吐口水、賞巴掌、以不堪入耳的詞語羞辱一點也不稀奇，而是家常便飯。

有些人在轉述這些經歷時會說，「他很幸運有我懂他的重口味」。儘管我很高興她們沒有因此受到創傷，但我不確定這樣的想法是否有所助益。因為，的確，妳是很喜歡他對妳做的行為，但是他並非事前就知道妳喜歡。那些未事先確認女方是否樂在其中就擅自享

受對女性施加痛楚，或以其他方式羞辱對方的男人，是行走的大地雷。

我們必須自問他們為什麼會喜歡這樣做。他們為什麼會想要傷害我們？

是沒錯，有些人就是覺得「女生都愛這味」。姑且先不論這味指的究竟是什麼，但可能的狀況是，這群人從未真正開口問過女生到底喜歡什麼。

女性與男性發生性關係時，很常不敢中途喊停或表達自己的不適，所以總讓男性以為自己是某種性愛高手。一名女性和我說，有位男性曾經在上床時擅自對她做某種舉動，而當她提出質疑，他竟然回答「道歉比徵求同意更容易」。這聽起來可真是，妳懂的，令人毛骨悚然。

在所有最常聽見的恐怖非合意行為中，勒

頸（或者，我傾向更準確地說，掐脖子）顯然
占據大宗。有些女性反映，幾乎每任伴侶都
會擅自做出某種「窒息式」的行為。我自己當
然也遇過，而且老實說，以前的我並不介意，
是一直近幾年，我才開始意識到這樣做有多
危險。劇透提示——這真的爆幹危險。

根據我在 Instagram 發起的調查顯
示，以男性為性伴侶的女性中，有
七七％的人曾於性行為中，在未事先同
意的情況下，遭受可能被曲解為 BDSM
（打屁股、扯頭髮、吐口水、侮辱）的暴
力及羞辱。也有六〇％的人表示，自己
曾在性行為中被男方擅自掐脖子。

如果說，所謂的重口味性癖好是一道光

譜，那麼「窒息 play／窒息遊戲」（也就是勒頸與其他限制呼吸的方式，在 BDSM 社群中稱之為窒息遊戲）的位置恰好就處在「哇這真的危險到爆」的邊緣。甚至，在非典型性癖好社群當中，也有許多人會將窒息遊戲排除，不認為這是一種可考慮的選項。我也曾經聽社群成員說，有些俱樂部和地下遊樂室會明令禁止任何形式的窒息遊戲——就算是受過訓練、試過上百遍的人也並無例外。這些行為伴隨著無可避免的巨大風險，很可能會導致嚴重受傷、甚至死亡。難怪即使是在安全、具風險意識的社群中，也認為有全面禁止的必要。

也就是說，妳想想看：一邊是享受愉虐的社群——這群人能接受的行為之廣泛，連路邊普通渣男都為之震撼——主張勒頸是高度

危險的行為，只有絕對清醒、經驗老道且受過訓練的人才能實行（甚至可能完全不該嘗試）。而另一邊呢，則是一些醉醺醺的傢伙，甚至根本不知道窒息遊戲的主要目的是增強伴侶的高潮感，單純為了自己爽就愛掐女人脖子。真是一點問題也沒有呢。

令人沮喪的是，這些行為如今是如此地常態化，以致許多年輕女性認為自己別無選擇，時常愧於坦承自己不喜歡男伴「支配」下的粗暴、肉搏式性愛，而這些男人根本也沒在強抽猛送前試圖讓她們興奮起來。強抽猛送。有夠噁爛。

❝ 說真的，那些真心把「我要幹壞妳的小穴」之類的話語當成火辣開場白的順性異男，數量多到難以想像。咳，嗯，

先生，我其實還蠻寶貝我的陰道的，不必了謝謝。

"

性事的用字選詞之所以重要，原因在於，除非是在佐以其他刺激的情況下，否則所有這些詞彙都隱含了一種大多數擁有陰道的人根本就不會喜歡的粗暴。

更重要的是，這些全是動詞——是具備行為意志的詞語，是敘述一個人對另一人所做的事，而不是和對方一起做。異性戀性行為太常被描述為某種「男性執行、女性承受」的事，而我相信，這種問題的嚴重性已經不必我多作解釋。

想當然爾，以這種方式思考性愛，自然也局限了男性探索自身性向的可能性。許多年輕男孩因為看了色情片而覺得自己不得不扮

given a good seeing to

給妳一頓粗飽

banged

鑽爆

drilled

直搗

smashed

ploughed

用壞

ruined

我常常在想，
有多少描述性行為的詞語充斥著暴力的意涵。

railed

全力衝撞到底

幹死
操翻
塞爆
用壞
尻爆
插死

演他們內心沒興趣扮演的角色。期待男性在床上展現具侵略性的支配行為，對所有人來說都是件遺憾的事，但對於女性來說特別危險。只需要看看法庭上所謂的「性愛過激答辯」（rough sex defence）──被告以「進行性愛遊戲時出了差錯」為由，要求減輕罪刑或無罪──是如何被使用的就能明白。

英國政府對此並無官方數據，但倡議團體「我們怎能同意這個」（We Can't Consent To This，WCCTT）發現，在號稱性愛遊戲玩得太過火的六十七起死亡案件中，有六十名死者是女性，只有七名是男性。更令人震驚的是，遭控的嫌疑犯清一色是男性。截至本書出版為止，沒有女性在謀殺審判中曾以性愛過激為由為自己辯護。

這類案件在過去十年間顯著增加。八〇

年代和九〇年代間，在英國法庭上主張致死或致傷行為屬受害者同意下發生的次數，每年僅出現過一次，有時甚至連一次都不到。而到了二〇一六年，這種答辯策略被使用了二十次，而且多半奏效。

「我們怎能同意這個」等倡議團體所發起的抗議活動，最終讓英國法庭不再接受以性愛過激為由辯護，但他們的行動也突顯了一個長久以來的問題，意即施暴的男性會以所謂的性癖好與性愛遊戲當藉口，對性伴侶造成難以想像的傷害。

如果妳覺得這一切突然變得有點沉重，妳就說對了。我不知道該如何拿這種事開玩笑。這一點都不好笑，對吧？但非常重要。要寫一本講現代交友與厭女情結的書，我不可能略過這普遍存在的駭人事實不談。

正在閱讀本書的多數讀者對我來說都是陌生人（至少我希望如此，否則銷量勢必很慘），但我關心妳們。我希望妳們擁有有趣又愉悅的性生活，而我真的、真的不希望妳們死去。所以，如果那表示我得在大半章中當個掃興的人，我也沒在怕！

　　疼痛或許能讓某些人感到性興奮，而假如妳能和某位信得過且能溝通的對象一起享受的話，那真的是很棒的一件事。但，我們還是必須不斷挑戰男人在異性戀性行為中傷害女人的常態，以及女人不該有所異議的社會期望。我們必須不斷挑戰一種觀念，即性愛是某種男人對女人做的事──而不是和女人一起做。這些觀念都在鬼扯，而我們都值得更好、更愉悅，坦白說也該更有趣的性生活。

太長，講重點

他才不是追求刺激，
他只是愛傷害女人。

L

is for Lone Wolf

L：孤狼

「一匹
踽踽獨行的狼。」

我先承認我就是無情的混蛋，
這樣之後我就可以安心當個
言行前後不一的爛人。

～～～～～

如果妳想要一段認真的關係，那就別和自稱孤狼的
男人配對（會用這個詞的都是男人）。如果妳不信
我，偉大的故人瑪雅・安吉羅（Maya Angelou）說
的話總信了吧：「若有人告訴你他是誰，第一遍就
信。」

如果我們乖乖聽安吉羅博士的話，鐵定能少走不少彎路吧。只可惜我們沒有。在我看來，罪魁禍首非言情小說和浪漫喜劇莫屬。

我無意冒犯珍・奧斯汀，《傲慢與偏見》絕對是部偉大的作品無誤。但要是妳遇見一個男人，而他表現得像書中一開始的達西先生那樣，那麼，硬要說這個人的內心充滿了對妳的愛，私底下還是妳所遇過最高尚的人，我看是不太可能。布莉琪・瓊斯[8]，我也是在講妳。

同理，學校裡那位陰鬱、方下巴的男孩，也不會單單因為他決定豁出去了，便卸下心房、搖身一變，成為脆弱又溫柔的靈魂，在舞會的舞台上向妳告白。（請參見：所有青少年電影）

8. 電影《BJ單身日記》（*Bridget Jones's Diary*）女主角。

我還可以繼續說下去，但我想妳已經懂了。我們不應該將希望押在這些「美夢成真」的幻想上。那位孤狼並不會搖身一變成為妳的吸血鬼老公，和你們生的不朽孩童和那曾暗戀妳的狼人男友從此幸福快樂過日子。天啊，如果我們這樣總結《暮光之城》，難怪一整代的女性對浪漫的定義會如此扭曲。

不，現實中的孤狼才沒有在苦苦等待對的她出現。尤其是那些在交友軟體上自稱是孤狼的人。

> 講難聽一點，那男人是個混蛋，講好聽一點，他是在公開警告你，坦承自己情感功能有障礙，不過是想找找，咳，樂子。不管是前者還後者，都要聽進去。他是在向妳揭露真面目。

別自己幫他腦補成另一個模樣。不管他給妳什麼其他充滿愛意的暗示，那些都不重要。也許他會把妳介紹給他的朋友，也許他做完愛後會親吻妳的額頭。也許他會說妳是他遇過最不可思議的女人。這些都不重要，因為他早就告訴了妳他是個怎樣的人。

還是不相信？好吧，讓我跟妳說個小故事。

幾年前我在Bumble上認識一名男人。讓我們姑且稱他為羅根。羅根和我差不多大，有份不錯的工作，相處起來也很有趣。他還很性感，而且並不因此自大。現在回想，我們之間其實沒有什麼共通點，不過我們會一起大笑，性愛也很完美。細節我就省略不說了，我只能說我們雙方真的都非常享受。

相處大約一個月後，有一次我們剛結束上述提到的完美性愛，躺在床上進行那種認識

初期會做的那種事，也就是試探性地聊起過去的感情。我說「試探性」是因為，至少在我的理解中，進入這種揭露階段本身，意味著雙方有可能朝交往的方向發展。同時，深入了解另一人的過去也會讓妳感覺與對方更靠近，所以我很專心投入這段閒聊，舒服地窩在我的床上。

對話進行到一半，羅根突然打岔說：「我想說一件關於我們兩個的事，可以嗎？」

我說可以啊，只要不是什麼不好的事。怎麼可能會是不好的事？沒有人會裸體躺在對方的床上講不好聽的話吧，對嗎？

這個嘛，羅根開始說起，他很喜歡我們現在的感覺，但他不確定自己是否想要進入一段感情。好喔。好喔好喔好喔。而且不只如此，他還繼續說：「我覺得我好像失去了愛人

的能力。」沒錯，這男人全裸躺在我床上，對我說他覺得自己很可能*沒辦法去愛*。

　　至於我當下是怎麼反應的呢？我是否硬起來守住底線，保護自己不心碎？我沒有。我說我一點也不介意。我都可以。因為我想成為那樣的人。我想當男孩都喜歡的那種酷女孩，證明我一點也不黏人。哎。

　　為羅根說句公道話，我想他是真的擔心傷害到我，但同時也還沒打算做到直接斷絕關係那一步，不。他很樂意繼續和我上床，享受我們半認真的關係，只要我願意繼續下去而不會要求更進一步的感情，或是妳知道的，要求承諾。不過話說回來，他早就告訴我他是怎樣的人了，不是嗎？只是我沒聽進去。

　　他發表心死宣言的隔天，我告訴他我不介意保持隨性的關係，但如果他真的決定要

這樣的話，我就不打算把他介紹給我的朋友。我猜他稍微被我劃清界線的舉動給嚇到了——對當時的我來說，其實也算是跨出了一大步。總之，我們就這樣繼續約會了一陣子，上很多床。幾周後，他竟然邀請我一起去看一場演唱會——而且，他也要帶他最要好的朋友去。這可是**大事**耶。

結果當然不是。

他的邀請完全沒有別的意思。羅根沒有要說，「嘿，我知道我們說好不會介紹彼此給朋友認識，但我改變心意了，因為妳融化了我的心。」他不過是想要在那天晚上見我，八成是因為想和我在演唱會結束後上床。而且他也喜歡我的陪伴，僅此而已，沒有別的深意。因為他已向我坦承他不確定自己是否想要談感情（我會在〈S：順其自然〉中討論這些「不

確定」男），所以對他而言，我們的關係應該離認真又更遠一點了。

　　而這正是我想向妳強調的。要是有個男人對妳說他是怎樣的人、他想要什麼、或是他不知道他想要什麼，請把他的話聽進去。孤狼也好，心死也罷。聽進去就對了。因為，無論他們後來怎樣對待妳，他們大概都認為反正自己早就警告過妳了。

　　我的意思不是說，如果妳給孤狼一次機會，並深信他愛上了妳，就是妳的不對。當有人對我們說，妳很特別、妳是他遇過最幽默的女生、妳給了他史上最棒的性愛，我們當然會這樣想，不是嗎？我們當然會開始相信，他之前提到自己是孤狼，也許只是說說而已。這樣的故事層出不窮，所以會這麼想，也是天經地義的。

很可惜，在這個議題上，說比做更有力。

我和羅根繼續約會了幾個月。後來我將他介紹給我一群朋友，結果沒幾天後他就和我分手了。也是頗妙。

是的，這個結局並不令人意外。如果這不是我的故事，我絕對不會認為這樣的故事還能有什麼別的結局。然而，當我身在局中，我仍然希望結果會有所不同。而且這還不是我第一次遇到這種狀況。

> 這些孤狼可以一邊對妳說，妳是他們未來會想結婚的對象，一邊困惑妳怎麼會有這種錯誤的想法，因為他們不是早就跟妳講過，不管是現在還是什麼時候，他們都不想要進入一段關係了嗎。

如果妳揭穿他們前後不一的赤裸真相，他們甚至會說妳在「抓馬」。

有些人覺得這是一種煤氣燈操縱，但我甚至懷疑是否真有那麼複雜。我認為，這些老兄真心覺得他們只是實話實說。退一萬步講，他們的確是。最後，妳往往會覺得自己像個傻瓜，好像不理性的人是妳——而不是那位說了某句話一次之後，便認為自己能為所欲為，言行自相矛盾，卻無事一身輕的老兄。

是啊，黎安，你什麼錯也沒有。

孤狼型的人會讓妳覺得妳自己怎麼了，為什麼他們不想要妳。他們的言行不一，套句 Cardi B 女王[9]的話來說，可能會讓妳「覺得鏡子裡的自己變了樣」。殘酷的事實是，無論

9. 美國當代知名饒舌女歌手，作品風格嗆辣坦率。

妳這人有多棒，妳的滿腔柔情都不足以打動那位一開始就沒打算認真的男人的心。

不過，還有一點比這還要令人心碎：他可能會為了別人改變。我們都曾偷偷不時查看某人的 IG 頁面，結果被一張貼文重擊，照片裡是他和另一個女人。貼文？！我連他的限動裡都沒出現過。別再糾結她身上到底有什麼是妳沒有的。也許他們更適合彼此，也許她願意繼續假裝是酷女孩，撐得比妳更久。有差嗎？難道妳會為了下個男人改變自己，讓自己變得更像她嗎？不，妳不會，因為妳值得一位想要妳而非她的人。

更何況，難道妳真的想要和一個，讓妳感到有壓力，不得不一直證明自己是女朋友那塊料的人在一起嗎？拜託妳不要，親愛的。

L is for Lone Wolf——孤狼

太長，講重點

狼馴服不了，心死也沒藥救，
但至少妳可以叫羅根滾下妳的床。

M

is for Married

M：已婚

「婚姻沒了愛，
為了孩子而忍耐。」

白話文

五年來，我沒有一次發自內心關心老婆，而且老實說還很不爽，因為她自從生了兩個孩子，又負責大部分的家務之後，不僅越來越沒空理我，還總推託自己沒心情上床。但是妳看，儘管如此，我還是撐下來了，是不是好棒棒。幫我吹喇叭吧？

Tinder上的已婚男人誇張多。而且我還沒把多邊戀者（polyamorous）或嘗試開放式關係的人給算進去，只針對那些偷偷摸摸上交友軟體的人。不論是為了滿足自尊心、想找人聊鹹濕話題、還是真的想搞婚外情，這群人為數眾多，而且都是垃圾。

交友軟體上的已婚男（以及穩定交往中的男人）通常可以分為三種類型：坦白承認、並將自己塑造為某種情趣玩具的人；坦白承認、並將自己塑造為某種受害者或英雄的人；以及從頭到尾都在扯謊的騙子。我將逐一介紹每種類型。

讓我們從最厚臉皮的類型開始：這類男人會告訴妳，他這人「沒在隱瞞」，只不過想上來找人解決他在家無法滿足的「一些小癢」。他企圖為自己的狀況加上一圈性感又禁忌的光環。要是今天他不是馬汀，一位愛使用惡魔表情符號、想對妳（不是想「和」妳）在他的 Volvo 後座上來場 Pornhub 式性愛的三十二歲建築工人的話，或許還能奏效。前方有汽車座椅，請小心！😈

關於惡魔表情符號

我知道有些人用這個表情符號是為了諷刺或開玩笑，但是用在交友軟體自介裡？要確定欸。對於面對諸多順性異男交友自介宛如置身污水處理廠的廣大女性來說，惡魔表符實在令人尷尬爆表。事實上，我向IG追蹤者調查過，有九七％的人一看見它就立刻左滑。還不如直接寫「我是噁男」還比較快。

不過，第一種男人倒是最誠實的一類——不管是對自己，還是對其他人。因為接下來要介紹的第二種男人，打算將自己偷渡成好人。妳知道的，就是那些擺明自己已婚，只是想要偷偷和妻子以外的女人上床的男人？這些男人會說自己是為了小孩才沒忍住離

婚，或是嫌他們的伴侶太冷淡，又或是抱怨他們性生活停擺。事實上，這種人時常將「沒有愛了」和「沒有性生活」混為一談，彷彿兩者是同一件事。

拿小孩當藉口讓人很無言——無論單親雙親，在不快樂的家庭中長大的小孩是不會快樂的。

> 缺愛／缺性的藉口某種程度上或許為真，但這些人寧願外出獵豔，也不願反省為什麼孩子的媽熱情不再。

我不是想刻意嚇唬誰，但懷孕和分娩是件足以留下創傷的事，而且帶小孩真心超爆累。順性異男成為父親後，他們的生活往往不久就能回歸某種正軌，職涯不會被打斷，身體

也不會因為承裝並養育一名活生生的人類而受到影響。但女人及生育者可不是如此。她們的身體和生活所面臨的變化之大，足以讓人迷失自己。排山倒海增加的無償家務勞動，也讓情況雪上加霜。

我想，很多男人無法理解這種變化有多巨大，因此會期待另一半在經歷以下過程後，還能繼續當回他們初識時的女孩——將另一名人類從陰道中生出來，隨時隨地餵養它，失去所有社交生活，以及最重要的：被安上「母親」這個首要身分，所作所為終生受世界評斷。

就算沒有孩子，光是同居，也會讓異性戀伴侶間的家事負擔——包含實體的及心理的——逐漸落在女性頭上。單就這項因素，再加上身邊那位對無償家務沒有概念又不懂

感激的伴侶，就足以讓任何女人喪失性欲。

根據估計，十八歲至一百歲間女性所負擔的無償勞動，共為英國經濟創造七千億英鎊的貢獻，超過金融業產值的五倍以上。

這種關係間的不平等，往往導致女性必須承擔家庭管理者的責任：她得負責牢記婆婆的生日、更新房屋保險合約，還得採買日常用品。在一段親密關係中，女性在許多方面都扮演著較成熟的角色。接著，某一天，同樣的一群女人，會被長跑十年的伴侶嫌：「妳變了」。沒錯，麥爾坎，因為整整十年過去了，你怎麼一點都沒變呢？

任何試圖將自己描繪成受害者、覺得自己

娶到性冷感老女人好可憐，或是誇獎自己為了小孩忍辱負重（同時背著妻子外遇）、覺得自己是英雄的人，都特別渣。

這種情況的確說明了，男性是多麼理所當然地認為，他們對女性的身體享有某種資格，才會認為光是「沒有性生活」，就足以當作違背婚姻誓言的論點。馬文，你當初發下的誓言是，「無論是好是壞」，而不是「無論是好是壞。不過呢，沒有性生活不算。但凡規則總有例外嘛。」

在交友軟體上公開表示已婚的人，也很常將「妳不知道事情的全貌，沒資格批評我」之類的話掛在嘴邊。結果，事情的全貌不外乎就是他老婆再也不想和他嘿咻。真的是太悲慘了，可憐的小東西。

假如妳在交友軟體遇到上述類型的已婚人

士，不幸中的大幸是，妳可以輕易躲開。這群人基本上坦承了他們在搞外遇，所以妳有選擇退出的權力。可真貼心呢。

第三種類型的人最狡猾，而且人數多到令人心寒。這群人明明已婚，或穩定交往很久了，卻絕口不提。他們會讓妳相信，自己正在和一位單身漢約會（或上床），甚至讓妳覺得，妳和他之間也許有未來可言，然而實際上，他們壓根不想改變現狀。

這一切讓人格外火大，不幸的是，竟沒有一種絕對有效的方式能夠避開他們。話雖如此，還是有一些端倪可循，然後妳就可以迅速抽身閃人。之後再慢慢謝我沒關係。

如果那個人的大頭照沒露臉，對方可能會試圖說服妳相信，他這人就是有那麼一點神祕感。才怪。那只說明了一件事：他已婚有

孩子。他可能會狡辯，說自己不放照片是出於「工作原因」——聽他在狗屁。有哪間公司會規定員工不能在交友軟體上露臉，只能貼出上身裸照？麥可，請問你是在哪間超機密會計公司高就？因為我這邊有個實際待過英國國家安全局的可靠消息來源說，**真正的間諜**在交友軟體上一定會放出自己的照片。所以我不懂，你一個中階主管，有什麼好神祕兮兮的呢？

假如一名順性異男在談到他想找的關係時，使用了「保密」這個詞，在我看來，八成是不可忽視的警訊。同理，「無負擔的樂趣」也是。尤其，如果他想尋求的樂趣都發生在上班時間，或是隱密、避嫌的場所的話。對方可能會把話說得很美，說「這樣才刺激」，但機率較高的實情是，他不想要冒著在公眾

場合被人撞見的風險。

至於那些要求使用閱後即焚軟體與妳聯繫的人，妳也該同樣保持警覺。Snapchat、Kik 和 Viber 之類的軟體，對於想刻意隱瞞聊天記錄（以及他們擅自發送的屌照）的人來說，簡直就是人間天堂。就算他們使用的是 WhatsApp 一類的普通聊天軟體好了，是不是一到了晚上或周末就變沉默？許多偷吃的人只會選擇同居伴侶不在時才和妳聯繫，所以這點絕對需要格外小心。

講到同居伴侶，我也會建議，最好盡量避開那些說自己仍然和前任「以朋友的身分」、「因為經濟考量」，或者，不意外，「為了孩子」而一起住的人。這些狀況有沒有可能是一種柏拉圖式的安排？當然可能。但它同時也是個非常方便的謊言，表示他們不必向妳隱

瞞，也不用不斷找藉口解釋，為什麼你們約會總是去妳家，而不是去他們家——這又是另個可疑之處。老實說吧，即便他所言不假，而且看起來的確很優質，我還是會請他先搬出去後再說。老娘才不想蹚那灘渾水。

　　在理想的世界中，只有單身的人，或是處於開放式多邊關係並坦承以對的人，才會使用交友軟體。哎，可惜，世界一點都不理想。我們活在一個中老年男性會被奉為魅力熟男，而女人只要年紀稍長一點就被貶為過氣的世界。我們活在一個女人被告誡要生小孩，又被抱怨花太多時間精力在育兒上的世界。在我們生活的世界裡，男孩在社會化的過程中相信性是他們有權得到的東西——一種女性拒絕或自由提供的東西——因此，他們長大後便成為深信「既然一無所獲，偷吃便更

可以被原諒」的男人。

　　沒錯，**女人也會偷吃**，我知道！身為女性主義者，我完全相信女人有能力實踐人性的複雜光譜，包含成為一名自私的混蛋。偷吃的私密性導致我們很難掌握確切的數據，但經常有調查顯示，男人**更常**偷吃。有些人或許會將此歸因於生理衝動，但我會說，這是社會化賦予男人的「理所當然享有的資格感」。我就說到這。

太長，講重點

●

已婚男才不是「禁果」，除非妳指的是被
遺忘在碗底的乾癟蘋果。換句話說就是，
千萬別讓那東西進到妳身體裡。

●

is for
No Single Moms

N：單親媽媽

「不接受單親媽媽。」

我，一名床墊放地上，
懶得洗內褲所以翻面繼續穿的成熟男性，
此刻先聲奪人拒絕那些一邊獨立持家、
一邊飼育小型人類的女性。
是不是非常合理。

～～～～～～～

妳願意和單親父母約會嗎？如果妳的答案是不，不
用擔心，我不會用接下來的一整章說服妳改變主
意。儘管答案讓我們這些育兒者很沮喪，但我的確
能想到幾個合理的理由解釋，為什麼有些人不願與
有孩子的人約會。

但是，在交友自介上寫「不接受單親媽媽」，一點也
說不過去。

我認為任何人，無論有孩子或沒孩子，都不應該和自介中出現這句話的人約會。這幾個字是在輕視有小孩的女性，尤其針對那些希望被看作是有吸引力的、想約會的上述女性。我敢說，這種行為說明了，發言者對女性及親密關係所抱持的觀念既落後又厭女。

我怎麼知道？這個嘛，在「不接受單親媽媽」一類人中，有些比較沒那麼含蓄的人自己會接著公布答案：「如果妳真的那麼有魅力，他就不會離開妳了。」竟然有這種垃圾至極的話，一時還真不知該從何罵起。這些男人難道真的認為，單親媽媽全都是被孩子的爸給拋棄的嗎？認為她們可憐沒人愛，苦苦等待另一名男性的施捨，將母子從絕望之處解救出來？嗨，奈傑，十九世紀打來找你，想要把它的刻板印象要回去。

> **"** 一位看不起獨自育兒女性的男人，不該是任何女人追求的對象。 **"**

如果他不願與單親媽媽約會是因為她們被孩子的爸拋棄，就說明了他心中認定，女性的價值完全建立於男性的認可上。他甚至不曾想過，有可能是媽媽甩了爸爸，或者，套句喜劇演員凱瑟琳・萊恩（Katherine Ryan）在她二〇一九年的特別節目《閃耀女力》（*Glitter Room*）所說：「是我要他走的。我講了不止一次！」

這種過於簡化的觀點同時也假設了孩子＝負擔，無法避免的前任議題＝鬧劇。顯然他壓根就沒意識到，世界上有一種分手，叫做成熟雙方協議分手。他們未曾體會過這種感覺，畢竟他們交往過的人全都是瘋子。真是多麼

奇怪又難以解釋的巧合啊。當然啦,會對單親父母抱有成見的,不只這群有毒的巨嬰。

事實上,如果要我用珍・奧斯汀式的諷刺口吻來描述自己的約會史的話,開頭大概會是這樣:

> 66 **有小孩的單身女性全都渴望一位繼父,這是眾所周知的事實。** 99

煩人的是,我上交友軟體多半只是想要找點樂子(眨眼),很少在找墜入愛河的對象,但是有太多男人,一旦得知我有小孩,就會自動排除見見面、上上床的選項。我在他們眼中,顯然是位苦苦埋伏、等待繼父候選人現身的掠食者。

我記得有次,我和一位 Tinder 上的男人聊

了一陣子，感覺還不錯，我們打算約出來見面。他看起來人很好，年齡也三十歲後半了，所以我以為他在許多方面應該都相對成熟，哈。可是當我一提起兒子，他的反應卻是：「哦，呃，那真的不是現在的我想要的。」

尼可拉斯，你是什麼意思？現在的你不想要一個三歲的兒子？我希望你不是這個意思。他自顧自繼續解釋，說他有位朋友曾經和單親媽媽交往，並且「接管」了她的小孩。他說這對某些人來說是好事，但那並不是他要的。

當時的我才剛分居不久，只是希望有人能約我出去、讓我散散心，並不打算把誰介紹給我兒子認識，而且預計在接下來很長一段時間都不會這麼做。但我一提到孩子的存在，這個男人就以為我在面試繼父。當我解釋說

他誤會了，事情不是這樣的之後，他至少還懂得自嘲：「我剛才真是沒事找事，對吧？」是的，你說對了。

身為一位單親媽媽，約會經常讓我又沮喪又洩氣。很多一開始覺得有戲的對象，在得知我有兒子後，就決定不跟我約會了，這種狀況經常發生。我以前很討厭「我有孩子」這件事，是如何改變一些男人對我的態度——從令人興奮的機會，變成需要保持安全距離的核災。也曾很討厭對方單以這件事就擅自假設我是怎樣的人、想要什麼。

不過，現在回想起來，我很高興他們自行提早告退。我不希望我愛上的對象，會看不慣我人生中非常重要的一部分。

後來，我又遇到另一名男子，他得知我有小孩後便說，他還是無法赴約了，因為他必

須為他的花床施肥。沒錯，姐妹們──除非妳想要被唾棄到連肥料都不如，否則千萬別生小孩。

不過話說回來，這種人，還是比另外那種會高喊「我從來沒和地方媽媽交往過，有點嗨耶」，讓人很不舒服的人來得好。嘿，老兄，你知不知道自己在說什麼嗯話，反省一下吧。

我認識的其他單親媽媽中，有人曾被問到哺乳方式，也遇過關於她們是自然產還是剖腹產的失禮問題。之所以有男人會關心後者，是因為想知道自己會在「下面」面臨什麼。與這些問題相比，那些光是聽見有小孩就被嚇跑的人顯得可愛多了，對吧？

我大致上能諒解，為何年紀較小的男性不願和人生階段明顯與自己不同的人交往。但是，任何三十五歲以上的人都得明白，如果

你堅持未來的對象不能有小孩的話,那麼你將會排除掉很多優秀的對象。這道理適用於所有性別。如我剛才所說,不想和當爸媽的人約會,背後有許多合理的考量。也許你想要某種長期的關係,而你確定小孩子不在你未來的人生藍圖裡;也許你曾經和有孩子的對象交往過,分手時同時失去孩子與伴侶的痛實在難以承受;也許你真的很喜歡臨時起意去度假,所以需要另一半是個時間彈性的人。以上這些理由都非常正當。基本上,只要你的理由不是基於膝反射或充滿刻板印象的假設,就沒有什麼問題。

雖然我說這道理不分性別,但必須補充的是,相較於單親媽媽,單親爸爸卻不受同一種污名化的影響。身為好父親往往被視為迷人的特質,而非令人倒胃口的缺點。少數以

男性做為主要照顧者的單親家庭案例中，這些爸爸們往往被奉為郊區英雄。男人會因為「堅守崗位」，以及妳知道的，會因為分手後仍繼續撫養自己的小孩而受到讚揚。男人只要能展現出愛家或關愛特質，再小的點都會為世人所稱頌，然而，同樣的特質和技能放在女人身上，卻會被視為基本要求。

我敢保證，那些在自介中聲稱「不接受單親媽媽」的人，仍會期待自己的另一半要具備以上所有這些刻板印象中的陰柔屬性。他們只會希望他那有生育能力、又有愛心的女友，會運用她身上所有的愛家女神能量，讓兩人的生活（以及潛在子孫的生活）幸福美滿。畢竟，這些人認為單親媽媽之所以落魄悽慘，全都是因為她們無能讓自己的男人快樂，對吧？

嗯哼，顯然大錯特錯，但，妳儘管去和那些渣男說說看吧。還不如直接敬而遠之比較快。相信我，我可是有小孩的人。

太長，講重點

●

身為單親家長不是一種失敗。
在交友自介中寫「不接受單親媽媽」
才是真敗類。

●

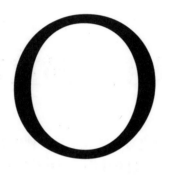

O

is for Origins

O：哪裡人

「妳祖上哪裡？」

白話文

我不會問白人女性這一題，
但如果妳因此罵我是種族主義者，
我會氣炸。

~~~~~~~~

每個人認識新朋友時，總會聊到故鄉的話題，次數不下幾百遍。然而，如果妳是白人，就不太可能會被追問另一種問題：「不，我是問妳的祖先從哪裡來？」

身為一名定居英國的白人女性，我從來沒在交友軟體上被問過我家祖先從哪裡來。當然，等彼此稍微熟悉了之後，我們偶爾會聊起家族背景，對方有時也會因為注意到我的愛爾蘭名字而多聊個幾句。但我從未被質問過。沒有人會堅持他們比我自己更了解我的出身。

　　這類問題其實隱含諸多的刻板印象與某種癖好，而對於有色人種的女性而言，無論是在網路上還是日常生活中，這都是心累的日常。

　　二〇二〇年，我和我的Instagram同伴「披薩老饕」（@PizzaSaviour）一起創作了一系列「妳祖上哪裡？」的幹話解讀運動。@PizzaSaviour是來自倫敦的有色人種女性，她和我們一樣，蒐集了很多交友軟體上男人傳來的各種尷尬、侮辱、明目張膽的噁心對

話截圖。她和我分享了一些和這章主題相關的內容，截圖中的男人不停追問她的出身，妳知道的，就是那種**真正的出身**。當她一再回答「倫敦」或「我是英國人」，很多人還是堅持繼續追問「我指的是妳的祖先」或「妳看起來不像英國人」。真是有趣呢。

@PizzaSaviour 和我一起發想這章的白話文翻譯時，很難取捨只選一種，因為「妳祖上哪裡」還有其他的意思，例如：

> 「我不想知道妳的出身故事，我只想讓妳知道，我發現妳不是白人囉，而那可能正合我胃口。」
>
> 或是
>
> 「我會這樣問就是因為妳的膚色，但之後我可能會告訴妳我不在意種族。」

這還不過是冰山一角。就算花上整本書的篇幅，也無法完整說明種族主義和性主義交織下對於約會和戀愛的影響——就算可以做到，那本書也不該由我這樣的白人女性來寫。不過，由於這本書的目的是要以交友軟體用語及互動揭露當代社會的厭女情結，所以倘若對此議題隻字不提，講好聽點是忽略，講難聽點就是抹殺了有色女性最真切的處境。

　　我在本書中討論了厭女心態是如何不把女人當成完整的人類看待，將我們從一個具多重面向的個體，壓縮成狹隘的刻板印象。倘若那人進一步被種族化（racialised），化約成更邊緣的身分時，情況又會變得多嚴重？

　　非常嚴重。

　　有些白人聲稱自己對特定種族有所謂的「偏好」。那些人搞不好覺得這是一種讚美、

一種善舉，但其實多數的種族偏好往往與戀物癖有關，也藏著嚴重且有害的刻板印象。

雖然我在本章主要探討的重點是男人對有色女性的態度及互動，然而，對於自身種族以外的特定種族存在所謂的偏好，不止會發生於單一性別的人身上。所以，如果以下的任何內容讓妳感到坐立難安，或是讓妳想起自己的交友行為，那是好事。請深入思考。

坎蒂‧卡蒂－威廉姆斯（Candice Carty-Williams）在小說《昆妮》（Queenie）中生動刻畫了黑人女性上網交友時所受的屈辱。同名主角昆妮與非黑人男性談過幾段感情，也約人上床過幾次，當中許多人都曾在過程中用非人化的方式對待她。書中某一段寫道，當一些女孩在派對上替她註冊了OKCupid帳號後，昆妮便開始收到一連串的物化訊息，例

如一則油腔滑調的開場白,「巧克力女孩:)」,以及一句噁心的聲明,「我也許不是黑人,但相信我,我的老二一定讓妳分不出來。」

除了物化,黑人女性還會遭到比例上不合理的拒絕。史蒂芬妮‧耶博阿(Stephanie Yeboah)在她的書《從此幸肥快樂》(Fattily Ever After)中談到,肥胖的黑人女性要不就是被高度性化,要不就是「被描繪成非常陽剛的樣子,或是過度被去性化、母性化」。黑人女性幾乎沒有立足之地,不管在哪裡都無法讓自己以一位完整的人類被肯定、被讚揚。

根據《我們是誰?大數據下的人類行為觀察學》書中二○一四年的數據顯示,黑人女性在約會網站上收到的訊息數量只有其他種族女性的七五%。

歐洲人對美麗的標準仍然主宰著媒體，也主導大多數人認定誰美誰不美的判斷。這意味著在很多人心中，無論自己有意識與否，白膚色依舊是與魅力畫上等號的。

交友網站OkCupid的創辦人克里斯汀·魯德在著作《我們是誰？大數據下的人類行為觀察學》闡明，交友配對機制中的種族不平等，對黑人女性的影響遠遠超過其他種族與性別群體。他還指出，當有人將白人列為自己所屬的族裔之一（OkCupid允許使用者勾選一個以上的種族選項，例如妳可以同時是拉丁裔和白人），那人在配對機制中的評分會提高。而且，這樣的數據並非是受到少數種族主義極端分子影響才得出的結果——而是我們所有人。

數據還證明了，不管是哪個種族的人，和

自己同種族的人配對的機率都是最高的，這在文化上大致說得通。但數據也同時顯示，非亞洲男性喜歡亞裔女性的傾向相當地高。表面上或許看起來像稱讚，其實不然，因為某種程度上這正反映了東亞女性普遍遭物化的傾向。

二〇二一年，越南裔澳洲作家兼倡議人士艾莉莎·胡（Alyssa Ho）在《The Latch》網站上發表的一篇文章中寫道：「種族物化（racial fetishisation）不僅僅是意識到某人的族裔，而是將其視為他們唯一的身分。當內心有物化傾向的人完全忽視一人的真實樣貌，將自己先入為主的刻板印象、不切實際的期望與有害的以偏蓋全思想投射在對方身上時，就是一種種族物化。」

做為一名在澳洲戀愛交友的亞裔女性，艾

莉莎從那些對她的背景抱持濃厚刻板印象的男人深刻體會到,這些以偏蓋全的想法是如何影響她與對方之間的關係。這點並不令人意外,畢竟東亞女性在鋪天蓋地的流行文化中被高度性化,從《蝴蝶夫人》、《西貢小姐》到《藝妓回憶錄》,東亞女性被描繪成一種性格溫和又順從的形象。而在諸多講述美國男大兵經歷的戰爭電影中,越南女性與韓國女性做為性工作者的形象也無所不在。

艾莉莎自陳,她遇過許多男性,對方經常毫不避諱地說,自己對亞裔女性的迷戀是一種「黃種狂熱」(Yellow Fever),甚至公開談論「他們有多熱愛又『緊』又『淫蕩』的亞裔女性」。拍謝,我要先去吐一下。

儘管白人女性也會對此感到震驚,但我認為,非亞洲男性對亞裔女性的戀亞癖,和

非黑人女性對黑人男性的癖好有異曲同工之妙。就高度性化、對身體樣貌與生殖器官的預設、以及非人化對待這三層面向而言，兩者非常類似。

沒錯，這是一本討論厭女情結的書，但是在關於種族主義的章節中，如果不提及許多非黑人（尤其白人）女性對待性與戀愛的態度其實受到種族主義影響，坦白說，我會感到相當不舒服。此外，許多關於黑人男性性能力的刻板印象，也是從販奴時代的用語演變而來，而當時被界定是白人的人，其實並不把從非洲流散到外地的人當成完整的人類看待。

因此，如果妳是一名白人女性，前面才剛快樂地讀完男性基於性主義的種種惡行，此刻卻見自己的行為被點名，有點措手不及，

那也是好事！我們所有人都要努力摒除偏見，而如今，妳也有了一些目標需要妳去關注、挑戰與改變。

今日的有色女性所面臨的物化處境不可能用一篇章節道盡。將非白人女性他者化、浪漫化成一種具「異國情調」的對象，與殖民主義中的資格感和所有權感相互掛鉤，製造出一種特別惡劣的多重作用。雖然本書中所詳述的厭女情結在諸多面向上仍然適用於任一種族，但種族主義的存在讓這些經驗變得更加複雜。任何在交友時專門挑選某些種族、或完全避開某些種族的男人，都是我們該避開的對象。

O is for Origins──哪裡人

太長，講重點

也許那是妳的偏好，
但也有可能是種族主義在作祟。

P

is for Points

P：加分

「〇〇〇的話，更加分。」

白話文

托父權體制的福，我相信我的（陽剛）興趣
比妳的（陰柔）消遣更有價值，
所以我認為我有資格
賞點分數、獎勵獎勵 Tinder 上的女人。

～～～～～

親愛的，絕對不要為了讓男人刮目相看而假裝自己
對某些蠢事有興趣。也不要害怕讓他們失望，而假
裝自己不喜歡妳真心喜愛的事物。妳的嗜好和某些
老兄自豪的黑膠收藏一樣重要。

喜歡溫馴高角羚樂團(Tame Impala)

眉毛是 **天生** 的

愛喝 **啤酒**

出門前不會拖很久

〜〜〜〜〜〜〜〜〜〜〜〜

○○○的話，更加分：

酒量好

愛打遊戲

喜歡肛交

不排斥大麻

會看動漫

能分辨
漫威和DC 的差異

知道李歐納・柯恩是誰

太長，講重點

"

#先愛妳再愛他

"

is for Quiet

Q：都不講話

「都不講話是怎樣？」

白話文

自介是我可以推銷自己的大好機會，
我卻用它來抱怨沒人找我聊天。

～～～～～

線上交友令人挫敗的原因百百種，並非全都與厭女
有關。其中一項似乎不分性別都很常見的經驗是，
很多配對成功的對象從來都不主動講話，要不就是
隨便聊沒幾句就搞消失。

如果妳很常遇到這種情況，別太放在心上，因為可能的因素有很多。許多人滑交友軟體純粹是為了好玩，或是想自我感覺良好。很多男人幾乎是無條件右滑，能多配對一個是一個。然後別忘了，還有機器人帳號，我真心不懂為什麼要做這種事，但就是有，上面的個人資料當然也是假的。起初真的會令人很沮喪，可是，嘿，本來就不是每個人都想和妳聊天，這就是人生。

　　不過，那些會在自介中表達不爽的人，卻完全不會這樣想。妳知道我講的是哪種人。就是那種，會在自介中用大部分的篇幅（如果不是全部的話）一一細數他們看不順眼的事，對自己一路走來的委屈怨嘆個沒完的人。他們這麼做的目的，當然是因為這樣真的超性感的啦。

這是反話。

我對「不屑聊就不要右滑」之類的聲明感到很困惑。我的意思是說，我懂這種狀況很令人灰心，但這樣寫的人，究竟想得到什麼？配對成功後不和你講話的人八成根本不會看到，更不在乎你的自介寫了什麼。

這群傢伙眼中只看得見自己受傷的自尊心，渾然不知他們的態度只會讓女生更興趣缺缺。但是，一切當然不是他們的錯，顯然是我們不對在先，懂不懂？

要是有人這般抱怨，最終只會顯得自己是——容我用一個術語表達——一位生氣寶寶。這種人將一件稀鬆平常的事上升成針對個人，甚至公開發脾氣。交友軟體上似乎有一群男人經常這麼做。我自己也遇過幾位堅信「男人在這上面真的太不容易了」的人。是

啊兄弟，世界上每隔幾秒就有女性被性騷擾，一旦稍稍拒絕對方就會遭到辱罵，更別提約會時還得時刻擔心自己的安危，但顯然你才是真正受苦受難的一方。

當我請那些男人解釋，他們說男人比女人更不容易究竟是指什麼時，通常他們給出的答案都是「沒人回覆我」。就算我再三強調「每個人都會遇到」，他們也很少接受。如果今天，一名厭女人士遇上女生不回訊息的狀況，想必能輕易導出結論，認定我們都是自以為是的賤女人。男生真可憐，對吧？

生氣寶寶們在認定網路交友就是對女性比較友善時，似乎沒考慮到體驗品質的問題。相反地，他們眼中只在意我們比較容易配對成功，甚至進行到約會階段。他們認為這是一場數字遊戲，局面顯然被我們占據了上風，

而那些人眼饞那樣的勝利。

也許平均而言，女性比男性配對成功率更高是事實。但部分是因為，如前面所述，許多男性使用交友軟體時的唯一策略就是無條件右滑，而女性一般來說則更常瀏覽自介內容。一旦領教過那些品質低劣的演出，能選擇的實在少之又少。

但話說回來，那又怎樣呢？數量取勝又如何？那又不代表男人必定會很辛苦，除非他們本人是貨真價實的混蛋，視任何拒絕為針對他個人的侮辱……等一下，哇，我現在懂了。

無論基於事實與否，「女性比我更容易找到對象，甚至約到炮」這個念頭讓現代厭女人士氣得跳腳。他們不爽看見女人的性自主權因為得以挑選對象（而且重點是不選擇他們）而強化，這股憤怒感滋生出了整套，涵蓋非

自願守貞者和PUA在內的性主義次文化。這些男人認為，他們對我們的身體享有某種資格，將自己無法獲得性愛的責任怪到我們頭上。（我會說，他們在情場的滑鐵盧絕大部分要歸因於他們的厭女思想，但他們當然不會聽一位像我這樣的「女權仔」說的話，所以我就不浪費力氣了。）

想當然爾，並不是每個發牢騷抱怨「Tinder上男生真的很難為」的人都是非自願守貞者，但他們的基本觀念其實相去不遠。他們口中所謂的困境，並非來自任何實質的艱難，而是建立在他們覺得自己理所當然享有的資格上。

> 要是他們不預期會和每個喜歡的女人
> 配對成功，要是他們不把女人不回訊息

視為針對個人的冒犯，要是他們認為女人在和自己約會後覺得沒有火花也是可以的，就沒什麼好抱怨了的不是嗎。 **"**

　　但，假如他們覺得自己有權獲得女人的時間和身體，那麼，希望落空時自然就會大發雷霆。假如他們非常自卑，自卑到將交友軟體上人人都會經歷的事情──消失、拒絕、沒下文的約會──視為衝著他來的挑釁，那麼，他們可能就是會在自介中抱怨個沒完沒了的人。

Q is for Quiet——都不講話

太長，講重點

假如那個男的在自己的自介上
抱怨女人都不講話，就別跟他們講話。

R

is for
Ruin My Life

R：轟轟烈烈

「找一個也想
轟轟烈烈的妳。」

白話文

我以為瘋狂偏執就是山盟海誓。
如果妳不覺得這算危險訊號的話，
說真的，妳該看醫生了。

~~~~~~~~~

我們為什麼要浪漫化一段不健康的感情？也許「踩躪我吧」這種念頭直到二〇一八年才被莎拉・萊森（Zara Larsson）唱成熱門金曲，但傷害自己所愛之人的想法絕對不是什麼新鮮事。

在我們許多人眼裡，一段又愛又恨的關係是轟轟烈烈的究極展現，而這種關係在文學作品中早已現身數百年之久。

偉大的愛情故事似乎總少不了衝突與糾葛，這不難理解——畢竟它們是故事。一本描述正常關係的小說想必無聊得要命，而這也就是為什麼，書籍和電影往往在主角終成眷屬時就宣告終結。我們一邊希望主角們從此過上幸福快樂的日子，卻又沒興趣親眼見證。

　　要舉例說明文學作品是如何將病態的感情描繪成浪漫的極致，一點都不困難。艾蜜莉・勃朗特（Emily Brontë）《咆哮山莊》（*Wuthering Heights*）中的主角，希斯克里夫，壓根就是復仇心切的跟蹤狂，卻被塑造成一位誤解浪漫為何物的大英雄。

　　書寫心態扭曲的男主角想必是家族傳統，因為夏綠蒂・勃朗特（Charlotte Brontë）《簡愛》（*Jane Eyre*）中的羅徹斯特先生同樣是個

冷血的混蛋，將他患有精神疾病的太太關在閣樓裡。

說真的，勃朗特姐妹沒事嗎？

要說到明顯不適合彼此的主角，而且是真的超不配的那種，二十世紀的作品自然也不會缺席，《亂世佳人》（ Gone With the Wind ），就是最棒的例子，儘管郝思嘉與白瑞德之間剪不斷理還亂的關係，不過是全片問題的冰山一角而已（這部片的種族主義思想超級嚴重）。此外，當然也少不了現代小說史上一大悲劇，《格雷的五十道陰影》，這套書導致世界上冒出無數個假的「主／支配者」。我還沒看過 Netflix 影集《安眠書店》（ You ），但我聽說很多觀眾都希望跟蹤狂主角最後能和他的獵物在一起。例子實在族繁不及備載。

除了以上這些案例之外，也有很多沒那麼明顯的例子。九〇年代情境喜劇中各種分分合合的感情，至今仍然尚未過氣，瑞秋和羅斯就是絕佳的案例。他細數她的不是，看不慣她的事業，背著她偷吃，沒交往時大吃飛醋，設法讓她放棄一份夢寐以求的工作機會，但他們最後還是在一起了！因為，妳知道的，這就是愛！

　　我絕對是站「瑞秋該去巴黎」那一派的。

　　這種所謂的浪漫情節，在西方文學和流行文化中屢見不鮮，進而讓我們渴望起用刻骨銘心包裝的虐心畸戀。雖然，渴望談一場轟轟烈烈的戀愛本身並不算厭女，但我們還是應該針對「這種觀點究竟對誰有利」提出質疑。對於為愛瘋狂的錯誤理解，是否推波助瀾、塑造出了更多的施虐者？

> 當我們對愛情的幻想總離不開偏執行為、大吵大鬧、分分合合時，會讓女性、尤其是年輕女孩，更容易相信男人對妳發飆是因為他們在乎。甚至還會認為他們傷害妳是出自於愛。

可以想見，正是因為受害者買單這套觀念，許多施虐者才能得逞，而流行文化更是在背後幫了他們一把。當《暮光之城》中愛德華濃烈的妒意和霸道的舉動成為專情男友／老公的典範，世界還有救嗎？

我曾就「看待愛的方式如何影響我們」這個議題，去找身兼社工與網路意見領袖，同時也是《封鎖、刪除、向前走》（*Block, Delete, Move On*）的作者Lalalaletmeexplain討論過，而她指出，會影響我們的不只有小說。「如果

妳在父母經常吵架的環境中長大，或是妳和撫養者之一的關係很不穩定，那麼當大眾媒體繼續餵養妳同樣的東西，便等於驗證了過去那些經歷都是正常的。」她如此說道。當媒體為經驗背書，年輕人便更難察覺有些迷戀心態與行為是不健康的。

Lala 接著說：「如果混亂的關係對一人來說很正常，那人可能反而會認為穩定且安全的關係又怪又陌生。如果有人身陷這樣的狀況，我總會建議她們，在主動找罪受之前，先去找諮商師聊聊。」

許多具虐待性質的關係，從外表看來，都與高潮迭起的經典愛情故事有些雷同。「他們總是彼此看不順眼」這句台詞是常見標配。也許他們總是在吵架；也許他們超級相愛相殺，永遠離不開對方；也許他們總是分手後

又再復合。這些雖然稱不上是家庭暴力的確鑿跡象，然而一旦我們繼續將起伏劇烈的感情浪漫化，畸形的感情觀就會成為施虐者最方便的藏身之處。

我並不是在說，那些在自介中強調「轟轟烈烈」的男人都是假扮人類的吸血鬼，或是虐待狂億萬富豪。我想，他們多數人恐怕是沒那麼有趣。只不過，我對這種期望在感情中相互折磨的傾向特別警惕，而且，這種傾向是不分性別的。感情當然不可能只有真心與玫瑰，但是，我們的文化將親密關係中的病態行徑浪漫化的程度，已經嚴重到令人不安。尤其，光是在英國，每周平均就有兩名女性慘遭伴侶或前伴侶殺害。

話說回來，「找一個也想轟轟烈烈的妳」也許還有另一版沒那麼假浪漫的解讀。部分男

人這麼寫，純粹是想表達，女人全都是令人
壓力山大的瘋婆子，說我們很可愛、很棒、
但也很麻煩。用膝蓋想也明白，無論是哪種
解讀，我們都不該被這句話給迷昏了頭。

太長，講重點

我不知道該講給誰聽，但兩個人在愛情中
又卡又慘又死的感情一點也不浪漫。

S

is for
See What Happens

S：順其自然

「感情順其自然就好。」

希望能先見個幾次面，看看有沒有機會上床再說。那之後，對於我們之間的關係，我既不會投入感情，也不會努力經營，但還是希望妳來我家看貓後空翻。理論上來說，我不排斥交女友，但幾乎絕對大概不會是妳。

〜〜〜〜〜〜〜

有些交友軟體會開放用戶勾選想尋找的類型，並顯示在個人檔案中。通常會有「短期無負擔」、「長期關係」、「還在思考」這些選項。我覺得那些會選第三個選項的人，和「順其自然就好」一類的男人，或者更糟的，「先玩玩，然後順其自然就好」的男人一樣可疑。我說的不是那種「他該不會是連續殺人犯吧」的可疑（雖然也很難說），而是「嗯，我看是個海王」的那種可疑。

如今，「順其自然」一詞已經氾濫到難以稱得上是危險訊號。也許妳自己的自介就有。這則金句通常被用來展現一種簡單隨性的感覺，或表示對於各種關係保持開放態度。我甚至覺得，女生在寫這句話的時候，通常是下意識想讓自己看起來像位「酷女孩」。如果妳真心喜歡隨緣再看看，那很棒。但假如妳之所以這樣寫或這樣說，是因為妳想投其所好，那我建議最好不要。將自己假裝成妳覺得對方會喜歡的人，從來就不是一項好的長期策略。

S也代表serious，認真（嗨，感謝收聽這一集的《芝麻街美語》）。而那些會想要順其自然再看看的人，通常都不想要任何認真的關係。實際上，他們只想享樂（aka性愛），不想要太多負擔（aka情感與承諾）。如果他

們發現後者的成分越來越多？先走囉，掰。

順帶一提，不想要認真的關係完全是可以的。不只是可以，是很好。但是，假如一個人清楚知道那就是他要的，嘴巴上卻說其實我還不確定，那就是在說謊。而在我看來，這種人往往是故意的。因為，要是男人直接坦承自己就只是想要一段沒有負擔的關係，很多女人會立刻抽身謝謝再聯絡。我相信很多時候就算立場互換，情況也是如此，不過我猜，就抽身的人數而言，男性轉身離開的人數應該沒有女性那麼顯著。

希望先約出來看看、然後順其自然的男人（對他們來說也許是順「騎」自然），通常在找的不只是性愛，還有對話與陪伴，甚至是一名能互相用肢體表達親密的對象。他們所想要的，是性工作者口中的「女友感」服務。不

過這些人不想付錢，而且希望對方做義工的時間越長越好。我並不覺得他們多數人知道原來這就是他們想要的，但假如，一個人希望有人能花時間陪伴他、跟他上床、同時不會對他提出任何要求，呃，請問這不是女友服務的話，又是什麼？

我問我的IG之友們：如果妳曾經和只想要「順其自然」的人約會過，請問，那些人最後有想要認真發展一段關係嗎？七九％的人說對方並沒有。

在部分人心中，女朋友這個位置是要留給長得像瑪格‧羅比（Margot Robbie）又喜歡打 PS5 而且愛喝啤酒的女生，不是留給真實世界的女性。而對於另一些人而言，他們

是有交女友的打算，不過很快便明白妳不是他們要的人，但……總之還是先繼續和妳約會再說吧。真的相當紳士呢。

與孤狼男子和請勿抓馬男子類似，當這些人發現妳其實是個進化完成、有需求、有情感的人類時，往往便開始退避三舍。至少我遇過的都是這樣。

與「順其自然」和「還在思考」男子交手多次後，我有一陣子暫時退出了交友軟體，因為這些人讓我心很累。那時我意識到，過去的我從未花時間思考自己究竟想要什麼，而當我認真思考後，很快便發現，單純尋求「順其自然」的交友方式並不是我想要的。我想要一開始就確定自己想要什麼，然後再去交友。我不反對單純的肉體關係，但我發現對我來說，我無法接受處於一種「長期半正式

的、好像在交往但又沒確認關係、因為我們都是又酷又隨意的人」的狀態，然而，如今的我們似乎被期待得要接受這種狀態。（對，我知道我聽起來像妳阿嬤，但阿嬤很棒，不然想怎樣。）

我發現，我要嘛想要一夜情，要嘛想要一段認真的關係，而那種曖昧不明的「讓我們順其自然就好」，就是和我不對盤。

後來，等我重新開始使用交友軟體時，我便很篤定，只想跟知道自己要什麼的男人約會。我不再選擇那些在個人檔案中勾選「還在思考」的人，因為我知道那意味著以下兩者之一：他們真心不知道自己要什麼，或者，他們心知肚明自己不想要一段關係，但也不想錯過所有的確想要一段關係的女人。這些男人會堅持感情就是要順其自然才有

趣，但他們期待由妳來順著他們的自然，而非反過來。

　　基於以上這些論點，我在和男人聊天時，總是清楚表明我的目的。而他們的反應多半不意外。對話通常都是這樣發展的：

所以，妳來這邊想找的是什麼？

我希望最終能找到一段長期的關係。

是喔。

那你呢？

不知欸，可能要先試試看再說吧。
我這人比較喜歡隨性一點。

了解，那好吧，我只想找
也想要一段關係的人。

嗯，我也覺得妳對我來說有點太認真了。

在這些人眼中，目標是要找到一段長期關係的我，似乎讓他們壓力山大。他們的台詞大同小異：「嗯，因為我們根本連面都沒見過，所以很難確定我想要什麼。」山繆，我是在問「你」這個人想要追求什麼，不是問你想不想要選我！我的意思又不是說，一旦我們一起出去喝杯咖啡，你就會正式成為我的男朋友。幫幫忙好嗎！

有些男人會把「認真」一詞視為侮辱，彷彿這是女人所能具備最糟的特質。女人理應將自己注入名為酷女孩的容器，好讓自己被渴望，而「認真」，則是與這個容器全然相反的東西。

❝ 太多男人希望他們的女人是水做的，隨時隨地變成任何指派給她們的形狀。

而我們決定當回堅定而全然的自己時，
坦白說，真是潑了他們一大桶冷水。 ""

　　但我們是認真的。我們不是什麼無足輕重的小婦人。要是有個男的和妳說，妳對他來說太認真了，我建議這樣回他：「沒錯，我也同意你對我來說太膚淺了。」他們鐵定會氣噗噗。知道自己在交友世界中渴望什麼的人，的確會讓人感到負擔，因為這種狀況相當罕見。在交友軟體上，我們時常會被問到「現在是否有約會對象」，卻鮮少被關心我們**想不想要**有約會對象，或是問我們對該段關係有什麼期望。當目標單純僅是想要有人陪時，某人會是誰、會是怎樣的關係、在一起感覺如何，幾乎就成了次要的問題。但事實上，那些不應該是次要的問題。

當我們長大成年，許多女性受到社會化的影響，會默默將自尊建立在男性的認可上。但其實男性也一樣，只不過他們的自尊是建立在其他男性的認可上。父權體制真是個奸詐的小東西，不是嗎？

然而，假如女性在交友軟體中或多或少也在尋求男性的認可，那麼就很難有所選擇（換成某些人的話來說，就是很難「很挑」——某些人指的是那些認為「好男人」的標準只要比地獄之火略高就行了的人。）因為，假如妳對自己想要的東西再清楚也不過，就不得不拒絕很多男人。這樣的話，妳要上哪獲得令人多巴胺上癮的關注，又要上哪尋求認可呢？

也許，妳自己就能認可自己？

> **與其和一堆心意搖擺不定的猛男約會，領教味如嚼蠟的性生活，建議妳乾脆買一支高檔的按摩棒，五支也行。**

　　或是也可以循環播放麗珠（Lizzo）的〈靈魂伴侶〉（Soulmate）。理想上，妳應該會忍不住大聲跟著歌詞嗨唱「好好照照鏡子，凹嗚，看看她有多棒！」，唱到妳身上每一根汗毛都深信不疑為止。但假如妳人在公車上或什麼的，沒關係，可以在心裡唱就好。等妳明白自己要的是什麼，也明白妳的價值不需要男人來證明時，嘿，到時就讓我們「順其自然」、拭目以待一下吧！

太長，講重點

妳當然可以慢慢等他「順其自然」，
但結局恐怕是沒有什麼大反轉。他是
個渣男，不是專拍爆點驚悚片的奈·
沙馬蘭（M. Night Shyamalan）。

T

is for
Takes Care for
Themselves

T：照顧自己

「希望妳要懂得
照顧好自己。」

白話文

我要的其實是一個身材姣好、眉毛以下
全身除毛的人。妳實際上健不健康關我屁事。
而且說真的，要是妳為了
照顧自己的心理健康
而去給我搞什麼 me time、劃清界線的話，
我會很不爽。我會很不爽。

～～～～～

妳會照顧自己嗎？如果妳最近有吃飯和洗澡的話，
我會說答案是肯定的。

或許，妳同時有在賺錢，繳自己的帳單，做一些讓身心感覺良好的事——太讚了，我為妳感到驕傲！雖然我最好先警告妳一下，這些照顧自己的方式，在那些會在自介中這樣寫的男人眼中，是不夠格的。

對 Tinder 上那些膚淺的傢伙以及社會上一大票人來說，照顧自己的重點是外在功夫，而非全方位的。「看起來如何」才是關鍵。說穿了，他們就是想要一個苗條的妞啦。他們也許會用「想找喜歡運動的妳」來包裝，但只要讓他們在身材 S 號的沙發馬鈴薯和 XL 號的健身房愛好者間選擇，就能立刻戳破他們的立場。

我們的文化充斥著對肥胖者的歧視，這種歧視伴隨著一種假設，意即許多人並不認為，穿著大號服飾的人同時也能是一個把自己照

顧好的人。貪吃、懶惰等等的刻板印象俯拾皆是，這些刻板印象實際影響了數百萬體型較大者的生活，包含移動進出的問題、醫療偏見與就業歧視。在棉花糖女孩所面臨的問題中，交友軟體上的魯蛇不願意和她們約會雖然是最微不足道的部分，不過光是要在社會上當個身材大號的人，疲憊的程度就不是一般人能體會的了。

「希望妳要懂得照顧好自己」其實就和「胖子走開」是同樣的意思，幾乎無一例外，只不過換成較為社會所接受的說法罷了。而「胖子走開」一詞在交友世界中出現的頻率，也沒有妳想像的那麼罕見。我希望我不需要花時間向妳們解釋為什麼不應該和會在自介放這種字眼的人約會。（因為他們是混蛋。）

這種自以為是、針對外貌所提出的要求，

當然不僅限於體重。不，很多男人還希望妳雕琢出某種風格。例如亮麗的長髮——因為留短髮的女人就是不對勁。但是也不要搞什麼接髮，也不准花太多時間整理頭髮，因為那很煩。哦，還有啊，身上其他地方都不能有毛——請全部除乾淨。身上有毛的女人很噁心。

我是在反諷。

妳是否曾經在做蜜蠟除毛或任何一種除毛療程的瞬間突然意識到「這整件事也太荒謬了吧？」我們怎麼會走到現在，要求女性（以及越來越多的男性）得付錢進入播放著輕音樂的小房間，讓陌生人一根根將我們的體毛拔出？

關於除毛

我想快速提一下，我知道許多女人選擇除毛的背後有千百種原因，而我絕對沒有想要否認那些原因。現在的我體毛蠻多的，但我還是會刮腋毛。我只是覺得，假如毛茸茸的腋下能成為雜誌與紅毯上的常態，濃密的花園變成色情片經常看到的場景，許多人的喜好應該也會隨之改變。除毛與陰性氣質之間的歷史糾葛比妳想像中的還要問題重重，與優生學和殖民計畫息息相關，都是在構建一種以種族差異為本的體系，並且將白人置於位階較高的位置。蕾貝卡 · 赫茲格（Rebecca M. Herzig）在《除毛大歷史》（*Plucked: A History of Hair Removal*）這部優秀作品中曾深入探討這項議題。

當妳自己撥開屁股肉，確保一根毛都不剩時，請想想，自己到底是為誰辛苦為誰忙呢？

為了一個也許連屁股都沒洗乾淨，更別提蜜蠟除毛的男人。

而這正是讓所有這些「照顧自己」要求顯得無恥至極的原因：世界上相當多的順性異男連個人基本衛生都維持不了。

二○二○年四月，TikTok 網紅夏洛特（@CharsGhost）的影片在網路上爆紅，她在影片中分享了她那二十四歲的男朋友竟然不知道要洗屁縫（這是她的原話，不是我的）。她糾正他當然要洗，因為……便便……然後，男友開始傳訊息問他的哥們群組，確認女友說的是不是真的。謝天謝地，經該哥們群組證明，確認清洗該部位的確有其必要。

但就連這種事他也要去找人確認，這實在是太誇張了。

儘管妳我都對一名成年人以不正確的方式清洗私部（或乾脆不洗）的事實感到驚恐，但，這種現象比妳想像的還常見。非常。

幾年前我的 IG 帳號追蹤人數還不多時，有位追蹤者私訊我，揭露有一大批男人上完廁所後會刻意不擦屁股，因為他們覺得會伸手碰自己肛門的人全都是同性戀。很扯，對吧？想像一下，這些人的內心到底是有多恐同，才會寧願大在褲子上，也不願意「被認為是同性戀」。

分享了這些內容後，我的 IG 小盒子被灌爆。部分訊息是來自曾與公然拒絕擦屁股的男性交往過的女性讀者，而更多的訊息則是關於與順性異男進行親密互動時所遭遇的傻

眼骯髒鬼故事。在此我就不分享細節了（妳會感謝我的），但大致上與這幾個關鍵字有關：污漬、床單、發霉、褲襠。

> **現在，每當我在交友軟體上滑到要求對方懂得照顧自己的男人，就不禁好奇他的屁股是否留有屎痕。**

我沒有田野資料來證明這點（感謝老天），但我猜，那些希望女伴身材可口誘人的男人，和那些內褲永遠髒兮兮的男人之間，存在著高度重疊。我還能想像，除了裝飾性條件之外，他們尋覓伴侶時所在意的另一項功能，應該是能忍受長期吃苦的洗衣女工。

妳交往的對象越厭女，妳就越有可能被期待承擔大部分的家務，而假如妳有孩子的話，

還要再往上加入育兒責任。甚至,在妳負擔家務的同時,他還會期待妳要繼續懂得照顧好自己。

「照顧好自己」的相反是「放飛自己」。我討厭這個說法,但又有點喜歡。當女人被他人提醒要「放開一點」,背後可能隱藏了太多的厭女意涵(你說的沒錯,泰瑞,人們也會叫男人放開一點,你想談的話何不也去寫一本書呢)。體重增加的女人、不再化妝也不再穿高跟鞋的女人、任由體毛生長的女人、穿著更休閒舒適的女人──這些女性往往被說是「放飛了自己」。

但是放飛自己也可以是件很棒的事。假如我們在面對喜歡亮晶晶玩意的男性巨嬰時,能夠暫時放下、停止反省自己的行為是否會讓他們不快的話(其實,如果可以的話,請

永遠擱置這種念頭），就能看清這一點。

我自己為了──說來有點諷刺──變得更像我自己，也確實放飛了部分的自我。我停止做一些我知道不能令我快樂的事，停止為那些不欣賞我的人付出。我放下了許多有害的觀念，用高劑量的善待自己取而代之。從這個角度看，一個人要想照顧好自己，得先學會放下許多事。

我蠻確定，在我開始真的懂得愛自己與接納自己的那刻起，我的婚姻便開始步向終點。整個二字頭的歲月我都在努力將自己塞進容器裡，卻又一再從中彈出，努力將自己的稜角磨平，好讓自己光滑到足以被愛。後來。我參加了慈悲焦點治療（Compassion Focused Therapy），它讓我擁抱並喜歡這個又大隻又有個性的自己。而我想這個轉變讓

老公沒再那麼愛我了。我想這個轉變對他來說是一種威脅。從我真的開始照顧好自己的那一刻起，他就登出了。

破局的起點如果不是這個的話，那鐵定就是因為他有一次說服我和他一起進電影院看《蝙蝠俠對超人》（Batman v Superman）——一部爛到足以構成離婚理由的爛片。

遺憾的是，絕大多數的男人都不會喜歡這種自我照顧的方式。因為這種方式能幫助妳看見自己的價值，讓妳在自己的皮囊中舒服做自己。這種方式能幫助妳設下界線且不甘於此。這種方式能讓妳明白，妳不想和一個唯有當妳維持某種外貌或扮演完美配件時才願意提供情感的人在一起。

> **「哇，那個女孩看起來好適合你，湯尼，讓你看起來man到不行。」**

我們又一次回到了那個要求，那一項我們女性越來越常掛在嘴邊、耳朵已經聽到長繭的、希望被當作完整人類看待的要求。要確定欸，我們以為我們是誰啊？男人嗎？

太長，講重點

他們才不希望我們照顧好自己，他們希望
我們照顧好他們……並且保持身材苗條。

U

is for Users

U：利用

「自私女走開。
非誠勿擾。」

白話文

我有資格相信，任何女人，只要跟我聊天
超過五分鐘，就有義務要跟我約會，
否則就是在浪費我時間。
任何女人，要是接受我請客、讓我對她好，
最後卻不肯上床的話，就是在利用我。

為了懲罰女人不肯跟自己上床，男人會為她貼上很
多標籤：利用別人、浪費時間、愛撩、性冷感、裝
清純……而若要論起這些標籤肆無忌憚出現的程
度，沒有一個地方能打敗交友軟體。

十年前，「利用別人」一詞，幾乎是專門用來指涉那些只想利用對方滿足生理需求的傢伙──但如今，這句話的意義已被這些男人扭曲了，而且意思可說是完全相反，基本上變成了：「我為妳付出了這麼多，妳怎麼還不讓我上。」（我故意這樣措辭，是因為我們都心知肚明，和這些傢伙上床絕對不是件雙方都樂在其中的事。）

至於「非誠勿擾」這種表達，在我踏入Tinder的世界之前，只在二手車交易網站看過。我想它的目的是要嚇阻那些不是真心想買車的人，但即便如此，也讓人相當費解。這種說法似乎是在暗示，有一群閒來無事的人會出於好玩而逛逛二手車。也許世上真的有這種人吧，不過在我看來，更可能的情境是，許多人在親眼看過車子後便打消了購買的念頭。

同樣的道理也適用於網路交友的女性使用者。也許，有些人的確認為，隨便找個男人共度一個晚上就能賺到一杯免費的酒很划算，但一般而言——聽好了，接下來這個料很猛——為數更多的女性會希望先聊一下、見見面，然後再決定要不要和對方上床喔。我懂，我們這些女人真的有夠不要臉！

　　我很能理解那種不喜歡花幾個小時和某人聊天後，發現一切都是場空的心情。「純聊勿擾」這句話令人很有同感——雖然放在自介中實在又兇又沒必要。有幾次，我和一些男的聊了超級久後才發現，對方好像完全不打算約我見面，讓我超級沮喪。而那時的我太天真，還不懂得安慰自己這些人八成都有穩定的對象，只不過是想獲得我的關注，好讓他們自我感覺良好而已。哎呀。

與此同時，我也非常理解，有時我們和某人在網路上聊得特別來勁，結果見了面之後卻……哦不。甚至不是「照騙」的問題。對方的外表有可能和我們預期的一模一樣，但不知道為什麼，感覺就是不對。用交友軟體聊天時，我們有時間思考該怎麼回覆，用我們想要的方式塑造我們的個性，但這也預示了產品可能與標示不符的問題。事實上，我後來開始相對迅速地約出來見面，正是因為我過去太常在見面前將對方腦補成致命男神，直到最後才發現他們完全不是我的菜。

不像我，那些「Tinder冠名贊助之老爺我最大™」的男人，並不會回頭反思自己要的是什麼，更不會依此調整自己的期待和行動。可惜了，姐妹們，必須這麼做的人是妳才對。妳覺得和網友見面前必須先聊一聊、認識一

下才安全？真是浪費別人時間！妳認為和對方出去過幾次、花了六小時以上相處後，**仍**然有拒絕上床的權力？妳這個自私女！

是說，難道男人真的認為，女人是事先講好一起這麼做的嗎？我們明明可以待在家追劇，不必與白癡多費脣舌，卻寧可選擇浪費大好夜晚陪他們喝幾杯黑皮諾，吃幾顆連鎖披薩店的麵包球？

> **如果讓女性在「舒服宅家吃泡麵」和「跟很爛的約會對象吃一頓免費大餐」之間做選擇，她們絕對會選擇前者。**

我的意思難道是，女人從未為了免費的大餐和男人約會過嗎？不是，我不是那個意思，我很清楚這種狀況確實存在，但我同樣相信，

這種情況發生的頻率，絕對沒有那些罵女人
「就是想找工具人」，或者甚至罵女人「就是
愛錢」的男人想得那麼多。

我曾向粉絲做過調查，問他們是否曾
單純為了免費的食物或飲料而赴約，只
有十一％的女性表示曾經這麼做。

老實說，我對於約會時誰該付錢沒有特別
的立場。與更大的結構性問題相比，我不覺
得這個議題有多重要。有些人會以性別薪資
差距為由，主張男方應該為第一次約會（以
及之後的約會）埋單，但我認為，撇開總體
經濟不談，要男人請你吃飯並不是特別女性
主義的行為，但也沒有特別違背了女性主義。

很多男人會在第一次約會時請客，因為他

們覺得這麼做感覺很好，實際上也是。反之，也有人會特地確保第二攤的飲料錢換女方請。我記得，有個男的曾經得意洋洋地對我說，「該妳請了」，好像他抓到了我的把柄一樣。我回他，對沒錯，烏利亞，你要喝什麼？

也許他是在測試我是否把他當成提款機。但，因為我最後沒和他上床，所以他回家後鐵定咒罵我浪費了他的時間。

除此之外，還有一群男人，他們之所以掏錢埋單，是因為他們自認為在進行某種交易。這些人深信，要是有個女人接受了他們請的飲料或一頓飯，就代表他們有權和對方發生性關係。一般說來，如果妳不得不和這些厭女人士共處超過六十秒，一點點免費的食物理當是最起碼的補償。但是，同樣地，當妳一說「謝謝，很高興認識你，但我覺得我們

好像沒火花」時，他們便會罵妳是在利用他們。

還真是諷刺啊。

評評理，當男人因為女人不願意在約會的尾聲張開雙腿而懷恨在心，或甚至因為妳聊天後決定不見面而心生不爽，請問，是誰在利用誰？在我看來，很明顯，這些男人只想用某種不健康的方式使用女人。因為自己沒爽到（我恨這個詞，但感覺那些傢伙就是會講這種話），就罵女人自私，此舉充分展現了男人對於性的資格感，而正是這種資格感構建出了強暴文化。

> 沒有人理所當然擁有別人的性——就算對方為飲料埋單，就算一年來他天天送花，甚至，就算對方是你的伴侶，都一樣。

所以，永遠不要覺得妳欠某個男人性愛，或覺得是妳自己先引誘了他。這整場交易都是他們單方面的想像，妳從未同意過，而說真的，就算妳剛才同意了，妳也有權改變主意。這麼做不會讓妳淪為利用他人的人，而是證明妳是一名獨立自主的個體。甚至，坦白說，正因為妳獨立自主，他們才會如此憤怒。我想，投胎成那種人真是衰爆了。

太長，講重點

一瓶 Prosecco 氣泡酒和兩小時的關注
並不代表任何人有權取用妳的身體。

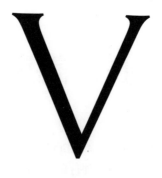

is for Vanilla

V：保守

「太保守的先不要。」

白話文

我羞辱女人，
逼她們和我做
她們不樂意的性行為。

一直到五年前為止，「香草」一詞在我的認知中多半
與冰淇淋有關，如今卻成為新的「性冷感」代名詞。
這種詞彙真的不必再多了。

和「慾虐」、「主／僕」及「勒頸」等詞類似，「香草」也是個從BDSM社群流行到主流文化的詞彙，並且衍生出額外的可怕意涵。在這個詞所誕生的場域中，它並未涵蓋一種價值判斷，也不是可以拿來形容某人的詞彙，單純只是描述一種被文化普遍視為標準或傳統的性行為。

> **有些人的口味也許較其他人來得清淡，有些行為可能被視為保守，但這都不該成為衡量一場性愛嗨不嗨的標準。**

　　然而，從Tinder到TikTok，「香草／保守」如今在主流網路世界中儼然成為一種恥辱性的標誌，用來羞辱那些不想進行某種性行為的人——大部分都是些會讓人疼痛或帶有羞

辱性的性行為。~~不喜歡肛交的女孩？我的老~~
~~天，也太保守了吧~~。在此新語境下，保守逐
漸成為了無聊的代稱，也因此變成一項不吸
引人的特質。這種轉變所帶來的後果令人相
當痛心。

我還是青少女的時候，大家會用「性冷
感」一詞來對人指指點點。Z世代的讀者們
還請見諒，我接下來將會聽起來像個老媽
子，而我真的是。當時，如果女生（總是
女生）不願意和男生親嘴，又或是她只想親
嘴、不願意「給」對方摸，就會被嫌性冷感。
噁爛。也許在極少數的情況下，這個詞也包
含了不想進行性器官插入的性愛，但最多僅
限於此。和女生願不願意進行哪一種的性行
為無關。

「保守」和「性冷感」一樣，都是帶有性別

屬性的詞彙。舉例來說，我從來沒聽過有男人因為不想被肛而被說很保守，而最主要的原因是，男性被理所當然認為是擁有性自主權的人類。當然，不可否認，男性在床上所背負的期望與壓力也很大，但至少，他們被准許能依照自己的意願去表現，不像女人一樣被期待要迎合伴侶的口味——男性不會因為沒迎合對方而被認為在床事上表現差勁。

（題外話，如果任何一方在迎合的同時也能表達自己喜歡的方式和口味，絕對是促進性愛福祉的關鍵。同學們還有什麼問題嗎？沒了？很好。）

如果二〇二二年的妳曾在 TikTok 上誤入歧途，應該會看到一群十幾歲後半和二十歲出頭的男性，用各種言論暗示自己為何壓根不想和太保守的女生上床。全都是一些「當

她說她不喜歡被人勒脖子」後轉身離開房間的影片。這樣啊，兄弟，我想你的意思已經很明顯了：你不傷害女方就硬不起來。

我問IG網友是否有人曾經因為拒絕配合某種性行為而被嫌「太過保守」。三九％的人說有。

可怕的是，保守（TikTok上那些混蛋口中的保守）一詞，如今意味著拒絕被掐脖子、被吐口水、被打或被粗暴對待，諸如此類。年輕女生和青少女被灌輸這套觀念，相信這樣的性才稱得上是令人滿意的性，哪怕是不這麼想的人也會認為，因為男生想要的是這種性愛，所以我也應該照做。因此，為數眾多的年輕女生和青少女在留言區與TikTok渣

男一搭一唱，說自己才不是那些「無聊透頂」的保守女人。

我們有的是時間和機會探索自己的性癖，但是，夭壽喔，一起探索的對象絕對不該是那些二十歲的毛頭小子，他們在床上老虎老鼠傻傻分不清楚，對於快感的想像淨受到 Pornhub 首頁那些噁心的髒東西影響。更何況，如果沒有嘗試過其他種性愛，一個人要怎麼知道自己有沒有特別的性癖？

和冰淇淋口味很像，或許有人會嫌保守的性愛很無趣，但假如用對方法的話，保守的性愛也可以是某人此生最棒的性愛。因為，讓我再說一次，所謂「保守」，只是非 BDSM 的意思——不代表不刺激。

 讓妳的伴侶俯身用舌頭取悅妳，直到

妳腳趾蜷曲、視線氤氳，也算一種保守的性愛。慢慢花上大把時間用手指和舌尖探索彼此也是。甚至，對彼此飢渴到來不及進臥室就直接在樓梯開戰，也可以是一種保守的性愛。 "

　　或者，保守的性愛也可能是一輪非常滿足的傳教士體位，那種時常被譏笑的體位，但我會說，這種體位往往非常舒服。

　　英國實境節目《戀愛島》（ Love Island UK）中，總有一集的橋段會讓配對的來賓玩「你對另一半了解多少」的遊戲。其中一道題目是「你最喜歡的性愛體位？」戀愛節目的經典套路。我對於出演者的回答總是半信半疑——這種橋段注定會流於噱頭，要嘛是為了收視率，要嘛就是為了勾引某人。

每季總是會有一半的男來賓選擇「狗趴式」，這種選擇應該是沒有什麼問題啦，我想。我自己是不樂見竟然有那麼多男人只想上我們，卻不希望我們的臉時時出現在他們面前，但這只是我個人的想法。

若女來賓選擇普遍被認為是刺激的（男生會喜歡的那種）體位，例如狗趴式或背面騎乘式時，男來賓都會不意外地略為歡呼。我覺得很噁心。二〇二一年那季中，有兩位女來賓表示她們最喜歡傳教士體位。其中一名男來賓小聲回應，「怎麼這麼多妞喜歡無聊的性愛。」這也讓我想吐。

任何將傳教士體位與無趣劃上等號的人，我都會為他們和他們的性伴侶感到悲哀。嘿，我們在講的真的是同一件事嗎？那種面對面，幾乎是全身性的肌膚之親？那些凝視彼

此的眼睛，雙腿緊緊交纏的時刻？是這一種傳教士體位嗎？

如果這個姿勢不是你的菜，當然沒關係，但它一點都不無聊。

何況，重點是，沒有哪一種性愛天生就很無趣，而所有的性愛都有變沉悶的可能。無論今天是在床上進行傳教士體位，還是雙腳綁起、膝蓋大張被倒吊在架上，都有可能淪於制式而無趣起來。我認為最讓人厭煩的是那些順性異男，一天到晚只想要進行相同類型的性愛，而且剛好如此湊巧，這些性愛都和主流色情片的劇情如出一轍。是說，你們的想像力都跑去哪了，來點變化吧老兄，不要那麼保守！

V is for Vanilla——保守

太長，講重點

香草口味一點都不無聊，
根本好吃到爆。

W

is for
Where Are All the
Normal Girls?

W：正常女生人勒

「正常女生人勒？」

白話文

我這人就是如此自我中心，
任何不照我意思乖乖行事的女生，
我都有資格罵她不正常。

～～～～～

如果你認為交友軟體上怎麼一個正常女生都沒有，
那麼你對「正常女生」的定義是不是鐵定有問題？
男人說這話時，十之八九是在抱怨怎麼都沒人符合
他們心中「正常女生」該有的樣子。他們其實想說的
是，「那些乖巧聽話又配合的女生都去哪裡了？」因
為這就是他們在找的人。他們對於何謂「正常女性」
可說是一無所知，因為，聽好了，他們從來就沒把
哪位正常女性放在眼裡。

就算從來沒把身邊任何女性放在眼裡，男人也一樣可以過得很好，這種現象真的很扯。我所謂的「放在眼裡」，意思是真的有興趣想了解某個女生的個性、喜好、厭惡、夢想、恐懼以及——容我膽敢一提——意見。這也就是為什麼，當我們遇到一個會問我們問題並且真的有在聆聽答案的男人，感覺竟是如此特別。這也就是為什麼，當妳發現某個男人對妳的感覺不止停留在外貌和閒聊，而是認為妳這個人本身很有趣時，妳會覺得對方超級性感。

　　我剛才有沒有說過，我們的標準真的很低？

　　唉。世界上太多男人對於「正常女性」的定義，也就是認為女性本來就該是什麼樣子的觀念，受大眾媒體以及其他男人意見的影響很深。而多數情況下兩者其實是同一件事。

由漫畫家艾莉森・貝克德爾（Alison Bechdel）在漫畫中首創，並以她命名的貝克德爾測驗（Bechdel Test），是一套用來評比電影女性能見度的簡單量表。一部電影需符合以下三個條件才算過關：片中至少有兩個女性角色；她們互相交談過；她們談話的內容與男人無關。回想一下妳小時候最愛的電影，或是青少年時期很受歡迎的片子：有幾部能通過這項基本到不行的測試？

即便至今，女性角色在電影中被刻劃的細節和細膩程度還是很少比得上男性角色。女性角色老是被簡化成某種形象，往往欠缺內涵。為了呈現這點，漫畫編劇凱莉・蘇・德康寧（Kelly Sue DeConnick）發明了另一套測驗：性感檯燈測驗（Sexy Lamp Test）。「如果將某個女性角色換成一盞性感檯燈，故事

依然不受影響的話，這劇本鐵定是三流貨。」

　由於我們在長大成人的過程中，通常會遵照二元化性別界線進行社交，因此許多男性未曾有機會去認識家庭、情人、床伴以外的「正常」女性。他們對於我們是誰、有怎樣的特質，都是從電影和電視中看來的。然而，這些作品時常將女性矮化成某個男性角色的附屬品，並且／或是單純淪為一種性感女神的形象。當這些男人總算有機會認識真實世界的女人，並發現我們不只是一盞性感檯燈後，他們的小小世界便大受打擊。此外，雪上加霜的是，女人和女孩基本上從小也被耳提面命，要表現得像盞性感檯燈才能吸引到一位好男人。或者說，能吸引到男人就好（＃目標）。

　所謂的酷女孩其實就是性感檯燈。漂漂亮

亮待著不動？打勾。不發表任何意見？打勾。照亮你、給予關注卻不求回報？打勾！

這不正是我們許多人剛開始談戀愛時會努力逼自己成為的樣子嗎？也許妳現在還在努力想要成為這種人。如果是這樣，我也能理解，但是——我是帶著世界上所有的愛才這麼說——拜託妳別再這麼做了。

試圖成為某些男性心中的「正常女生」是一項無法長久維持的壯舉。也許妳能堅持個幾年，但最終還是會慢慢顯露真實的自我，而他不會喜歡的。更糟的是，如果妳持續隱藏自己的鋒芒，或繼續全心全意照亮對方，妳將永遠無法以完整的自己而感覺被看見、被愛。相信我，這種糟糕的滋味足以摧毀一人的靈魂。

聽起來可能有點極端，但我認為，上述這

種相處模式在異性戀親密關係中非常常見。男人似乎對與他們結婚的女人了解甚少，每每驚覺這點時，都令我感到不可思議。

作家兼女性主義者克萊蒙坦・福特（Clementine Ford）闡釋得很精闢，她指出，如果妳想知道一名男子是否曾真正在意關心過妻子，就去問他對她了解多少。如果妳問他愛妻子哪一點，福特進一步解釋，他很可能只會列舉和自己有關的事。她是個很棒的母親，她是個高明的廚師，也許她甚至能逗他發笑，所以他喜歡有她陪伴。但除此之外，他還了解她什麼？她的夢想是什麼？她平常喜歡做什麼？這類的了解有可能趨近於零，或是僅有模糊的印象（也許他在剛交往的頭幾年有關心她）。

我猜，如果妳在我的婚姻破局之前問我

前夫對我了解多少，他的答案應該會蠻詳細的——只不過那些答案大概都是六年前的過時資訊。

我不確定這些男人真心想要的東西哪裡「正常」。我想，他們要的是一盞不會找麻煩、不會提出要求的性感檯燈。

當然，所謂的正常其實並不存在。在背後支撐起「正常」此概念本身的，是文化的管制力。握有權勢的人得以訂定常規、決定預設值，因此在西方社會，常規和預設值指的就是白人、順性別、異性戀、身心不帶殘疾的男人。為了符合常規，我們其他人必須拚盡全力朝該預設值靠近，同時不准製造任何亂子。

對於一位順性別白人女性而言，朝「正常」趨近的過程會比其他身分的人來得容易許多，好比說一名黑人跨性別非二元者。無論

我被壓迫的感覺有多重，我能夠成功變「正常」的可能性都要更高，而我也對此高度自覺。然而，倘若我們選擇繼續試著朝白人大老（換句話說，那些擁有新聞台和製片廠的人）所定義的「正常」靠近，我們之中便沒有人能真正獲得解放。

任何對常規提出過質疑的人，都被迅速貼上怪胎、異類或甚至違反天理的標籤。那些往我們身上貼標籤的人幾乎總是在害怕，害怕我們會發現自己的力量。

那些想找「正常女生」的男人可能並未發現自己原來會害怕堅強、果斷、會製造麻煩的女人，但他們的確害怕。所以，他們企圖藉由將我們丟去不正常的一邊，來達到控制我們的目的。不過，還好，我們已經看穿了他們的伎倆。兄弟們，可惜啊可惜。

W is for Where Are All the Normal Girls? ——正常女生人勒

太長，講重點

他口中的「不正常」，是我們心目中
「有個性且具自由意志」的展現。

X

is for Crazy eXes

X：前任是瘋子

「我的歷任女友
全是瘋子！」

講認真的，
我逼瘋過好幾個女生。
塊陶啊。

~~~~~~~~~

那些非「正常」女生不要的人，往往也是會接著跟妳
抱怨他們約會過的女生有多瘋的人。他們心中認定，
世界上沒半個女人是正常人，因為他們交往過的人
全都是瘋子。老實講，說這句話是防空警報等級的
警告也絕不為過。

說來還真神奇，所有和他們約會過的女人，竟然全都具備了不理性／沒安全感／很黏／疑心病重的特質，無一例外。這絕對是巧合無誤，不可能說明了兩件事：一，他們對待女人的態度；二，他們總是衝康另一半的能力。

　　以上是反諷。

　　我們在前面討論過男人是如何讓女人覺得是自己不理性、是自己在小題大作。「請勿抓馬」類型的男人中，肯定就有很多人會因為一些正常的行為，例如有時生氣、對兩人關係提出進一步的需求等等，而將前任描繪為瘋子。這些人經常會針對前任一點也不瘋的行為大做文章，然後隨口說一句，「不過我很高興妳不是那樣的人，妳很正常。」

　　我們剛喜歡上某人時很容易忽略大響的警

鈴,耳裡只聽得見喜歡的男生賞賜給我們的認可。但是,如果我講得還不夠清楚的話,讓我再講一次,我們真的應該留意這些警訊。因為,假如對方告訴妳前任是個瘋子,那麼他很有可能是個缺乏情感深度又瞧不起人的混蛋。而且這還只是最好的情況。

不過,還有一種明顯的可能,那就是這些人其實一直在操縱他們的前任,對她們施虐,才會引發他們口口聲聲說的「瘋癲」行徑。

慣性施虐者常常會對下一位獵物傾訴他們的前伴侶有多可怕、多不理性。這樣一來,假設之後任何關於他前一段關係的流言蜚語傳入妳耳中,妳也早已相信了施虐者扭曲後的版本。

關於親密暴力

親密暴力有許多早期徵兆，越早離開越好。找朋友和家人聊聊可能有助於妳釐清現況，不至於孤立無援。Lalalaletmeexplain所寫的《封鎖、刪除、向前走》中也提供了很多很棒的資源，能協助妳辨識出那些徵兆。如果妳有點擔心，或是對目前的狀況感到有點不安，請尋求專業協助。如果妳覺得這麼做沒問題的話，請上網針對妳所在的地區搜尋「家暴協助」，這是能就近找到支援的好方法。

　　他們的前女友當然有可能真的是爛人，甚至有虐待傾向。但假設對方在你們剛認識不久就大講這方面的細節，妳最好有所警覺。這個人要嘛有很多傷口需要療癒，要不

就是想在一開始就拉攏妳，讓妳相信他所說的版本。

我的前男友中，的確有人曾在感情中以及／或者分手時經歷過極度高壓的狀況，不過我是在雙方認識的過程中自然而然發現的，也就是逐漸向彼此坦露情史中比較敏感的部分時。心態健全的人不會見人就喊「我的前任是瘋子」。

更值得注意的是，這些人所說的多半不只是其中一位前任而已。這便點出了一項疑問：誰才是這些關係的交集？而假如那些女人起初都很「正常」，最後卻成了蕭查某，那麼，也許這個交集就不只是巧合而已。

> **會將交往中或曾經交往過的對象稱為瘋子的男人，有時是在刻意操縱。**

要想控制一個人，最有效的方法便是讓對方覺得自己瘋了，並且說服對方相信，身為人類所天生具備的情感反應其實只是小題大作，讓對方喪失自我意志，質疑起自己的判斷。而多少世紀以來，男人對待女人的方式正是如此。

如今在網路上被濫用的「煤氣燈操縱」（gaslighting）一詞，其實是源自一部一九四四年的同名電影，該片講述了一名丈夫操縱妻子，讓妻子相信自己快瘋了的故事。丈夫的其中一個手段是，明明是他自己將煤氣燈調弱，卻反過來說服妻子相信光線變暗不過是她的幻想。整部片簡直是一堂傳授高壓控制的大師講座。

 由此可知，煤氣燈操縱是一套極具傷

害性的虐待模式，讓受害者不再信任自己對現實的感知，進而被孤立，只能更依賴施虐者。"

當然，不是所有隨口以瘋子批評前任的人私底下都會對伴侶施虐。他們絕大多數不過只是情感功能發展遲緩的傢伙，不值得妳浪費人生。但風險還是無可避免。沒有任何藉口能合理化他們以此字眼論斷前任的行為，再說，就算會稱前任為瘋子的傢伙有千百款，也沒有哪一種版本值得妳按下愛心。所以，聽我一勸：左滑救自己。

X is for Crazy eXes——前任是瘋子

太長，講重點

沒有什麼舉動，比自爆前任全都是瘋子，
更能展現「我恨女人」的態度了。

Y

is for
You're Not Like
Other Girls

Y：
妳和其他女生不一樣

「妳和其他女生不一樣。」

我的意思其實是我經常看女人不順眼，
但妳這個人還不錯，
還有啊，妳最好把這句話當成稱讚。

有多少人曾經用不同方式向妳表示，「妳和其他女生不一樣」？而妳又有多少次因此興奮不已，因為那可是天大的讚美？

我先承認：多到爆。

這句話有許多種變形。有時候是「和妳聊天真有趣」，或者「像妳這樣好相處的女生不多」，又或是「哇，很少有女生會喜歡《瑞克和莫蒂》耶」，有時甚至是「天啊，我的前任都是瘋子，妳不是那樣的人我真是太開心了！」請問這算什麼？依我看，是一堆危險訊號。

從我們很小的時候開始，父權體制便將厭女情結施打進我們的血液，所以等到我們成為青少女時，大部分人聽見「妳和其他女生不一樣」時不會多想，反而覺得是稱讚。而且還是非同小可的那種。就算「其他女生」是我所認識過最棒的人，那又怎樣？此刻有個嘴巴裡飄散蘋果酒香味的十七歲男孩想把舌頭伸進我的喉嚨，所以他說的話才要緊，謝囉！

重點是，不論是孩童或少女時期，我都不是那種缺乏女性主義基本意識的人。兩歲的時候我就拒絕堆雪人，真的——因為我要堆的是雪女，沒得商量。我一直堅定選擇站在女性那一邊。上了中學，如果有男生來跟我說，「女生都很爛，只有妳最酷」，我會罵他是個性別歧視的豬。

或者說，我希望我當時會這麼做。不過事後我可能還是會讓他親我，如果真要說的話。

渴望和其他女生不一樣——進而成為男生眼中特別的存在——在當時始終是深埋我心的願望。這就是人們為什麼會說厭女情結是<u>被內化的</u>。

儘管我是在「如果你想當我的情人，就得接受我的朋友[10]」的後辣妹合唱團（Spice Girls）時代下長大的，但比起享受閨蜜之情，

其實我更在意有沒有人喜歡我。男性凝視就像一盞燈泡，而我是隻不斷朝它撲去的小飛蟲，即便被燙傷，還是繼續回頭索求更多。我們不都是這樣嗎？

那麼，男孩是不是也在尋求女孩的認可呢？他們的自尊是否全然建立於我們的關注之上？該死，當然不是。男孩們同樣被社會灌輸，自己應該取悅的對象是男性。就連他們追求女孩的這項行為本身，往往也與他們想向（男性）同伴證明自身價值的企圖密不可分。聽起來，這種互動方式對各方來說都是超級有趣又格外充實的經歷呢。

這個世界千方百計想讓我們相信，成為最

---

10. 英國知名女子團體「辣妹合唱團」（Spice Girls）名曲〈Wannabe〉中的一句歌詞：if you wanna be my lover, you gotta get with my friends.

好的**女孩**才是我們該追求的目標，而非成為最好的人，或僅僅成為最棒的自己就好。我想，背後的目的是為了分散我們的注意力，不讓我們意識到自己已經比許多男人出色，因為如果意識到的話，將是一場父權體制大災難。

此舉也能有效讓我們忽視其他女生是多麼的出色。女人一向是我的堡壘，也是我的靈感泉源。女人塑造了我，支持著我。我生命中遇過最堅韌、最滋養他人、最滿懷喜樂的人，幾乎全部都是女性。塑造出今日之我的音樂、藝術和文學作品，大部分都出自偉大的女性之手。

> **「妳和其他女生不一樣」這句話深刻顯示了那些男人是多麼不重視女性，以致**

打從心裡認為與她們有別是種讚美；也反映了女性遭洗腦的程度有多深，才會讓我們大多數人都深信不疑。 "

如果我和其他女生不一樣，那麼我和誰一樣？順性異男嗎？先不了謝謝。

但大部分的時候，這不正是那些男人的意思嗎？妳有點男生的調調，但又是個女的，剛好能讓我們睡，卻又不會損傷我那有毒的男子氣概。也可能不是這樣，而是另一種原因，也許是妳的類型很接近他們朝思暮想的那種酷女孩。不過，無論是哪一種原因，他們欣賞的重點都不是妳這個人本身，而是他們為了自己而希望妳成為的模樣。

也許妳和他有同樣的興趣，讓他覺得很難得，以一個女生來說。也許妳的話逗他發笑，

讓他覺得妳很風趣，以一個女生來說。也許妳願意接受一段無負擔的關係，讓他覺得妳很酷，以一個女生來說。也許妳在他感興趣的議題上看法犀利，讓他覺得妳很聰明，以一個女生來說。我呸。

如果我的意思到現在還不夠明顯，讓我來講清楚說明白：我們每個人都不應該對任何所謂的「讚美」，也就是用以一個女生來說當作結尾的稱讚感到開心。

不論對方有意或無意，這種形式的「讚美」向來是一種控制的手段，是一種由男性核發的認可，而我們長久以來被教誨唯有得到男性的愛才能使我們完整。這種讚美同時也是一種挑撥離間的手段，致力分化我們與自己人、好姐妹、最忠心的支持者以及摯友之間的關係。這種讚美以一種詭異的方式鼓勵我

們變得不像自己。

> 將我的優秀／幽默／酷／聰明／堅強
> 建立在其他女生的不優秀／不幽默／不
> 酷／不聰明／不堅強之上，是我這輩子
> 聽過最唬爛的鬼話。對我來說，我之所
> 以能相信自己擁有以上優點，正是拜其
> 他女生之賜，而非有勞她們襯托。

其他女生又幽默又有才又大膽又美麗。她
們又犀利又性感又精緻又聰明。她們堅強大
膽又混亂不安。她們卓越不凡又複雜多樣。
她們既是一家之主，也是邊緣怪咖。她們既
強大又敏感，既勇敢又善良。她們是女戰士，
而我衷心希望自己能和她們一樣！

太長，講重點

其實我和其他女生沒什麼兩樣，
謝囉。

Z

is for ZZZZZ

Z : ZZZZZ

這篇沒有內容，但我還是決定要硬湊出一篇有點牽強的〈Z〉，沒有為什麼！在前面二十五章中，我們探討了一些遍布在女性平時生活及交友軟體使用日常中的厭女潛台詞。妳知道嗎？要應付這一切真的累到見鬼。所以，我想要在本書結束前大聲宣布：妳可以休息一下。也許妳是很想要一段感情沒錯，但沒它也不是活不下去。如果尋尋覓覓對妳造成的消耗大於帶給妳的回報，妳當然可以暫停一下。和自己談戀愛，或是乾脆躺平，妳懂吧？因為妳值得。

結

語

不要就這樣算了！

　　任何人若打算在交友軟體上一拖拉庫的混蛋中挖出一位不錯的男人，很難不被無止境的厭女行為轟炸到懷疑人生。我們很多人甚至已經接受現實就是如此，進而降低標準，或是假裝自己原本就沒在設限，為了找到對象而繼續妥協。

這個社會對於什麼是「好」男人、什麼是一段「好」的感情的標準很低，低到讓我們有些人懷疑是不是自己太挑、要求太多，或者根本就是自己「太超過」了。許多男人也很愛讓我們產生這種感覺。低落的標準對於交友軟體上一池子的魯蛇來說，實在再方便也不過。

對於有男友的人而言，當交往進入常態，差不多相當於步入一種，只要對方會回覆訊息，或記得住我們的生日，或是……知道要擦屁股，我們都會心存感激的境界。在一個處處埋伏著性主義思想的世界，單憑「不厭女」就足以獲頒一枚好寶寶章。

但是我寫這本書的目的是想對妳說，社會標準跌破谷底，不代表妳的標準也得跟進。妳絕對有資格決定自己要的究竟是什麼，不

必因為任何歪理而妥協讓步。這種心態如果套用在親密關係中，具體的行動可能是明確表達妳的需求，維護盡情做自己的權利。至於單身的人，知道自己想要什麼，則可以讓整個交友的過程變得沒那麼像在臭水溝裡打水前進。

幾年前，我在生日時去百貨公司做了「風格診斷」，基本上就是一場諮詢，告訴我適合什麼樣顏色和款式的衣服。那次的經驗很棒，讓我之後購物時變得更有效率，也比較不會衝動消費。當我看到一件漂亮的衣服，我會想：「嗯，蠻美的，但我穿起來不好看。」這麼說不是因為我不會打扮，也不是因為那件衣服別人穿也不會好看──單純只是因為，我已經知道什麼樣的衣服會適合我了，而那件衣服不在其列。這讓我的生活少了許多失

望的時刻，免去了在昏暗的試衣間裡盯著三面鏡，因為試穿到不適合自己的衣服而感覺沮喪的瞬間。我不再單單因為不是每件衣服都能讓我開心，就讓衣服擁有左右我心情的力量。

而在我搞清楚（1）自己的價值，以及，（2）我真正想要的是什麼後，我看待網路交友的心態也逐漸向此看齊。在那之後，若又有男人嫌我太認真，我不會再往心裡去，甚至也不再和那些不確定自己是否想要踏入關係的男人約會。我內心很清楚，這並非針對任何人，只是我真的沒那個美國時間可以浪費。

抬高標準並且堅定不移需要一點勇氣，畢竟這個世界總是叮囑女性，要獲得男人的愛才能完整。如此這般的觀念使得一些女性被困在不滿意的關係中，也使得另一些女性覺

得自己有必要繼續忍受無聊的約會。每當我提到我們應該提高標準並絕不妥協時，總是會收到類似的回應：「但要是我堅持高標準，最後卻找不到任何符合的人怎麼辦？」

我總是這樣回答：請好好想想，想通這個問題。會這麼問，是不是因為太擔心找不到男朋友，覺得寧願找個不適合的對象，也總比一直單身好？因為，針對「要是找不到合我標準的人怎麼辦？」的回答很簡單，那就是：維持單身。也許得單身好一段日子，但那也沒關係，而且遠遠不只沒關係，因為妳本來就是完整的。已故的偉大音樂人惠妮·休斯頓（Whitney Houston）說得好：「我寧願單身，也不要不快樂。」

儘管，我花了整本書的篇幅抱怨以各種方式隱身在交友軟體上與日常生活中的厭女情

結，我想強調的是，那並不代表我們得接受或配合這個現實。恰恰相反。事實上，我認為這些男人中有一半會如此不爽，正是因為我們當中很多人已經厭倦了妥協，而這讓那些認為自己有資格占有我們時間和身體的人非常挫敗。

如果妳也厭倦了配合演出，完全可以喊停。不必因為「現實就是如此」而非得聽從交友世界的潛規則，不必因為「至少他很誠實」而非得取悅那些混蛋，不必非得做任何妳不想做的事情。最糟糕的狀況就是維持單身，而朋友啊，無論別人對妳說過什麼，單身絕對不是公害。

無論身處何種感情狀態，父權體制都希望我們對男人施捨的一點善意心存感激。它指望我們聽見書中所列舉的那些台詞時會默默

承受，甚至給予肯定。它不樂見我們好好把問題想清楚，因為一旦我們想通了，所有以幽微方式鑲嵌在日常互動中的性主義行徑就會露出馬腳，讓厭女人士坐立難安。

一旦我們起身反抗世界將我們變小、變順服的手段，被社會排拒的便可能化做威脅，籠罩所有反抗的女性。我們會被講成是一張壞掉的唱片，一個煞風景的女性主義者，一位頭號難搞分子。如果那名女人身上還有其他身分，會讓她的發言地位進一步被剝奪的話，威脅的效果還會再加乘。去他的地位！那個位子超級不舒服，而且旁邊絕大多數都坐著討人厭的白人大老。

> **做真實的自己是很美妙的一件事，但也該死的可怕。也許喜歡妳的人會變少，也許想認識妳的男人也會變少。但妳知道嗎？那些喜歡妳的人，他們所喜歡的會是真正的妳。**

而不是妳從十二歲開始就一直下意識塑造的、某個優化後的、性感檯燈版本的妳。妳。那個妳擔心她話太多、太胖、太憤世嫉俗、太不懂事、太……「妳」的女人。而這，就是革命的第一步。

我花了很長的時間才看清，為了顧慮那些沒興趣認識真正的我的男人、配合他們的期待，我是多麼努力壓抑自己。我和許多女性一樣，習得一身精湛的軟骨功，為了一個裝不下我的箱子而奮力擠壓自己。這種做法永

遠不可能長久。笨拙的四肢最終會彈出來，粉碎所有幻想，而我會認為是自己的錯。當我終於不再責怪自己，轉而責怪起箱子時，整個世界都豁然開朗了起來。

我希望這本書能夠幫助妳看清那個箱子，讓妳更有力量去解壓縮自己。希望這本書能幫助妳往外舒展，占據更多原先旁人聲稱不屬於妳的空間。也許妳會用妳重獲自由的四肢迫不及待大嗑蛋糕、在舞池上舞力全開，或是招手攔一台計程車，朝沒有渣男的美好晚霞奔去。

厭女情結企圖剝奪女性的人性、讓女性不再完整，而父權體制則利用這種低人一等的地位來控制我們。但我們已經識破了這套伎倆，意味著我們不必再委曲求全。妳不需要去迎合他人的期望，也不必看輕自己的價

值。因為妳一直都足夠且完整。對那些會用對的方式愛妳的人來說，妳永遠不會「太超過」。

快去關注

　　Instagram上的其他創作者與作家教會了我很多東西，讓本書變得更豐富也更全面。社群媒體永遠不該是我們認識世界的唯一管道，卻是個很好的開始。以下是一份簡單的列表——非常不全面——蒐羅了一些我非常推薦的IG帳號。

@AlliraPotter 關於美妝、身體自愛，以及一些「有點狂、有點玄」的正向魔法

@AlokVMenon 怒嗆中帶有愛，呼籲大眾挑戰性別二元化分類（還有一些嗨爆全場的造型）

@AlyssaHoWritings 越南裔澳洲作家、反種族主義倡議家

@BobbiLockyer 原住民藝術家、設計師和攝影師，為妳的動態牆增添美麗

@TheBodzilla 關於擁抱身體、接納肥胖、亮眼穿搭與動人歡笑

@BrandonKyleGoodman 賜予我們辛辣智慧、賜予我們黑人酷兒能量的「愛愛大黑哥」(Messy Mondays)帳號

@CarlyFindlay 外表劣勢與身障權益倡議家，為人民喉舌

@CathyReayWrites 關心身障平等、多邊戀、酷兒、單親媽媽議題，還有保養！

@TheChronicIconic 用她自己的話來說，是一位「自閉症、瘋狂、掰咖網紅™的猶太女子」

@Clementine_Ford 每個人最愛的大姐姐，提供一針見血的女性主義分析

@Farida.D.Author 以自身阿拉伯背景出發書寫女性主義的作家

@galdemzine 致力為有色人種及因性別而被邊緣化的人發聲

@HabenGirma 推動身障平等的人權律師

@Kelechnekoff 犀利的觀點，絕妙的幽默 —— 她的推特獨一無二！

@LaLaLaLetMeExplain 專業社工師、性與關係教育工作者、反渣男戰士

@Nina_Tame 思路清晰、態度坦率，分享身障生活喜悅並揭露健全主義缺陷

@RichieReseda 探討廢除死刑，推翻父權體制

@RubyRare 提倡正面擁性，佐以鮮豔明快的酷兒題材

@SalmaElWardany 有詩，也有犀利的女性主義觀點。她對 #不是所有男人 的洞察讀來十分淨化人心

@ScottyUnfamous 用迷人又華麗的方式呈現那些學校沒教的性教育

@TheSexDoctor 性的生活科學常識小百科

@StephanieYeboah 關於美妝、大尺碼時尚、接納肥胖和很多黑人女孩魔法

@ThirtySomethingSingle 以多元觀點探討感情和恐肥議題，提倡正面擁性，偶爾摻雜一些激烈的神學討論

@WeAreManEnough 解構男子氣概，帶領我們掙脫父權體制的禁錮

快去讀一讀

以下是一份延伸閱讀書單——有一些是我在書中提到的著作，還有幾本是對我影響很深的書，想推薦給大家。

※未標示中文出版社之書籍，中文書名均為暫譯。

《關於愛的一切》（遠流，2022），貝爾·胡克斯（bell hooks）著

《封鎖、刪除、向前走》（*Block, Delete, Move On*），Lalalaletmeexplain 著

《男孩永遠是男孩》（*Boys Will Be Boys*），克萊蒙汀·福特（Clementine Ford）著

《我們是誰？大數據下的人類行為觀察學》（馬可孛羅，2022），克里斯汀·魯德（Christian Rudder）著

《從此幸肥快樂》（*Fattily Ever After*），史蒂芬妮·耶博阿（Stephanie Yeboah）著

《像女孩一樣打架》（*Fight Like A Girl*），克萊蒙汀·福特（Clementine Ford）著

《控制》（時報，2013），吉莉安 · 弗琳（Gillian Flynn）
著

《別叫我孩子的媽》（*I Am Not Your Baby Mother*），坎
蒂 · 布萊斯韋（Candice Brathwaite）著

《平庸之徒》（*Mediocre*），伊潔瑪 · 歐羅（Ijeoma
Oluo）

《厭女的男人》（*Men Who Hate Women*），蘿拉 · 貝茲
（Laura Bates）著

《除毛大歷史》（*Plucked*），蕾貝卡 · 赫茲格（Rebecca
M. Herzig）著

《昆妮》（*Queenie*），坎蒂 · 卡蒂-威廉姆斯（Candice
Carty-Williams）著

《當憤怒成為她》（*Rage Becomes Her*），索拉雅 · 切馬
利（Soraya Chemaly）著

《白人還能做些什麼》（*What White People Can Do
Next*），艾瑪 · 達比里（Emma Dabiri）著

《沉默無法保護自己》（*Your Silence Will Not Protect
You*），奧菊 · 羅德（Audre Lorde）著

台灣讀者適用資源

台灣讀者如面臨心理問題需諮商治療服務，建議可至各大醫院精神科掛號轉介心理師，或是地區身心診所門診尋求專業醫療建議。

全台各縣市皆有免費的諮商資源可使用，可洽詢各地衛生局或心衛中心資訊或電洽聯繫。或參考以下免費諮詢專線：

● **二十四小時免費專線：**
  - 安心專線1925（諧音：依舊愛我），由衛福部提供二十四小時免費心理諮詢服務，如果感到焦慮、難受，都可以電話直接撥打1925進行諮詢。
  - 1995社團法人國際生命線台灣總會協談輔導專線
  - 0800-770-885戒癮成功專線

● **免費專線（有服務時段）：**
  - 1980張老師專線（周一至周六上午九點至晚上九點；周日至下午五點）
  - 0800-507-272中華民國家庭照顧者關懷總會

諮詢專線（周一至周五上午九點至下午五點）

- 1966衛福部長照專線（周一至周五上午八點半至下午五點二十，前五分鐘通話免費）

- 0800-013-999衛福部男性關懷專線（每日上午九點至晚上十一點）

● **線上簡易自我狀況檢測量表：**

- 心情溫度計APP（https://bsrs.page.link/55q2）
  心情溫度計為簡式健康量表(Brief Symptom Rating Scale，以下簡稱BSRS-5)的俗稱，主要在作為精神症狀之篩檢表，目的在於能夠迅速了解個人的心理照護需求，進而提供所需之心理衛生服務。與其他篩檢量表相比，心情溫度計具備有簡短、使用容易之特性，研究結果更顯示心情溫度計在社區大規模調查中仍具有良好之信效度。

更多詳細資訊與資源可造訪衛服部心理健康司查詢（https://www.mohw.gov.tw/cp-88-212-1-22.html）

致

謝

這本書能夠誕生，全都要歸功於所有在 Instagram 上關注、支持、轉發以及「喜歡」我的社群伙伴們。所以，如果你是其中的一員，我要和你說聲謝謝，真的，因為你改變了我的人生。

感謝我的Patreon訂戶：你們為我的創作付費，而在這個什麼東西都要花錢的該死資本主義世界，這點意義超級重大。你們許多人早在我的帳號還不紅、還沒簽訂書約前就訂閱我了。那是我人生的轉捩點——意味著我真的可以把時間花在思考與創造上。我愛你們。我要向IG這個神聖的殿堂致敬！

特別感謝我的贊助者兼天使Jane Mc-Taggart。謝謝妳過去兩年的慷慨與意見。

還要感謝多位女性的支持和鼓勵，帶領我走到這裡。Lalalaletmeexplain，謝謝妳在我的帳號默默無聞的時候就轉發我的貼文，更感謝妳成為我的網友，助我寫出這本書，給我許多出版過程上的建議。Sophie Milner，妳是最棒的啦啦隊兼徹頭徹尾的貼心鬼，我非常高興我們在網路上認識了彼此（然後約

出來見面），謝謝妳。Kate，愛死我們的談話了，也很高興和妳一起努力經營帳號、一起調整發文方向。謝謝 Clementine Ford，我還能說什麼呢？妳是我最棒的朋友和支持者，還把我介紹給很多澳洲姐妹，包括……

Jacinta di Mase，我的經紀人。要為妳獻上千萬個感謝！妳比誰都還早看見這本書的潛力，並幫助我順利實現。太感謝妳私訊我了。

謝謝 Alice、Emily、Rochelle 以及 Hardie Grant Books 出版社的所有人，謝謝你們願意為我的點子冒險，引領我走到真的成書的那刻。謝謝 Alissa 讓這本書美美上市，忍受我新增的七千條備註。謝謝 Isabella 幫我安排所有精彩的宣傳活動。能和你們一起工作真是無比榮幸。

Natel Allen，感謝妳提供來自「創業家」

世界角度的看法。Sasha Rosenberg，謝謝妳的鼓勵及對〈O：哪裡人〉的協助。我希望未來有一天妳不必再被渣男路人盤問妳到底是哪裡人。Cathy Reay，謝謝妳質疑我，讓我學到在理解身分交織性時應該將健全主義納入討論。謝謝 Sasha（@MindYourOwnPlants），妳是我最出色的敏感內容評估員，用妳的親身經歷給予我建議——妳讓這本書更豐富。Stephanie Yeboah，謝謝妳捎來鼓勵與支持的話語。

謝謝我的家人。謝謝老媽，感謝妳在這個充滿女性主義的家中拉拔我長大，以一種渾然天成的方式傳遞智慧，自然到妳都忘了自己說過什麼。謝謝老爸，感謝你為我的創作給予如此多的鼓勵，告訴我我有多棒——這種提醒不是人人都能享有的！艾略特，謝謝

你和我一樣超級不愛回訊息，但總是在背後支持我——愛你啦兄弟。

謝謝我的兒子，你讓我對未來抱持希望，是個有趣、善良又細膩的人。你是我生命中的喜悅。

謝謝我的校對員、啦啦隊兼零食補給員Chris。謝謝你理解我只是沒有明說「不是所有（男人）」，並且總是支持我、為我歡呼。

謝謝所有曾經在交友軟體上和我配對過／聊天過／被我已讀不回過的男人——我真的發自內心感謝你們如此混蛋。同樣的話也要送給我的前男友們（老實講，不是每一個都那麼混蛋啦）。

謝謝「曼徹斯特女人幫」，妳們是我最貼心的姐妹，給予我空間去探索「Tinder幹話解讀指南」這個我新發明的人設和語氣。

謝謝我最棒的朋友們，你們用不同的方式一直支持著我，其中之一就是見證我養大這個小驚喜，在它成長的過程中為我加油。

　　感謝Jeyda、Megan、Robyn、Laura、Jo：你們是最忠心的死黨，我愛你們。

　　對於任何希望能在致謝中找到自己名字卻落空的人，我很抱歉。顯然我恨死你了。

　　這是反話啦。